あなたの人生を盛り上げる
華麗 加齢に認め印

西條節子

生活思想社

もくじ

セクション2＊元気印のスパイス

セクション3＊人生の引き出しを開けよう

もくじ

セクション5＊加齢に認め印

イラスト＊西條節子　装幀＊渡辺美知子

＊本文中の登場人物名は一部を除いて仮名です

心の手入れを丁寧に——はじめに

人生を楽しく暮らすにはどうしたらよいのか教えてください。

人間は加齢すると若いときと違った現象が出るのは当たり前（加齢が目立たない人もあるが……）。

腎臓が片方の人、おっぱいが片方の人、背骨の骨折でコルセットの人、胃袋のない人、眼や足が悪い人（もともとでも）、人工関節の人、物忘れも多くなる人、入れ歯ががたつく人、痛い、その他……。加齢印《じるし》の当たり前の姿である。どんなに精巧な機械でも、五十年たつとサビも出るではない？　それを修理しながら維持している。だからサポートが大事なのである。人間は生き物だから、身体ばかりでなく、心の手入れも丁寧にやらなければならない。

誰にとっても「明日はわが身」、どんなに立派に働いた人でも、みんな「加齢のレール」には乗るのである。

加齢ってどんなものか、味わっていくのもおもしろい。

そこで私は私流に、そうだなぁ……。みんな一人一人違うのは当たり前をキーワードにしている。何か話が合わないことに出合うと、「どうぞご自由に解決してください」と言いつつも、逃げたりはしない。じっと一人一人の生き方・考え方に目と耳を静かに傾け、にやにやしてしまうところが良いところであったり、ときに冷たく感じられたりする。

でも、なけなしの私の残りの時間を雨にも負けて、風もよけて、まあ~怒らず、「人のことは人」と詮索せず、無関心でもなく、みんな楽しく暮らしていけばいいなぁ、どこにいても仲良くしよう。

これは私のスケールなので、このなかから何かあったらほんの少しでもお役に立とう、と思いながら、ワガママに「第三の人生」という有給休暇を楽しんでいる。有給休暇の有給（年金）が少し足りないけどねぇと、日本の政治に怒りながらの毎日である。

デンマークのノーマライゼーションの父、バンク・ミケルセンが言った高齢者も障がい者も元気な人も、みんなともに暮らす社会の実現のために「私だったらこうする……」の心になって、自分の誠意を示していけば、とてもよい社会ができる。力がある者が大きく・やさしく・たくましく、サポーターとなってネットワークを構築したらよい。

しかして、個性はある。それをどう受けとめ、寄り添って差し上げるかは専門家の人々なら少しはできるはず。すべての人にとって、それは生涯学習である。

人間として、私たちの願いは、「型にはめられず、地味な生活であっても一人一人望む生き方、納得した終わり方ができること」なのである。しかし現実はどうだろう。

そのような不安が社会に渦巻きはじめた一九九五年ころ、私自身は六十五歳！　何かにつけて〈高齢者〉のレッテルが貼られてきてハッとした。高齢者人口の枠をはめられるのである。

四十歳ころから福祉先進国と言われる国々二十か国以上を訪ね、障がい者と高齢者のみなさんと交流してきた。生活・支援などの学習をひもといて、小さいことからでも自由と尊厳に満ちた生涯計画をしていくこと、実践していくことを深く考えてきた。

私たちは長い旅をともにしている。私もお勤めをしながら、山に遊び、旅もした。人に助けられ、三六五日走りまわったこともあった。看取り、送りをし、後片づけもしたし、また自分自身もよく病気をした。そういう道のりのなかで、大勢の方との輪が広がりながら、人の色もかわっていく。そうこうしながら、いつか終わる日がくる。

だから、第二の人生を乗り切り、「第三」という輝く人生を楽しくつくっていきたい。それも自分だけではなく、仲間同志でつくっていくことが大事である。

個人個人の意志を大切にした方法に協力していきたい。それが真の「尊厳」だと思う。大切にしたいことをいつも考え、生活している。死までのいっときも無駄にしたくない。本当のケチなのかもしれない。

たった一回の生涯を無駄にしたくないし、みんなにも無駄にしてほしくない。自分の尊厳をまず認めていかなくて、どうして他人《ひと》が私の尊厳を認めてくれるでしょうか。

そんなことを警告したいと思って、少々辛口のエッセイも入ったけれど、加齢を嘆くのではなく、楽しんで生きるための〈認め印〉を押していこう、とのおおいなる呼びかけの書なのである。

＊セクション１＊
生涯を導いてくれたこと

叱り続ける舎監さん（25ページ）

1 父によく似た四女が私

生まれたのが一九二八年八月七日正午。長崎県の佐世保。当時は軍港で、海軍の士官たちで華やかだったと聞く。刺繡業の工房を営む職人の子として生まれた四人目の女の子は「西條さんちの四女」と認められた。末っ子である。

そのとき、父は五十七歳、母は四十歳。三人の姉たちは男の子願望だったようだ。みんなの仲間になる瞬間の私は、顔は黒々として毛が多く、産声の威勢の良さ。四人目を取り上げた助産師さんは、「(おちんちんを)つけまちがえましたね」と言ったと母は笑っていた。

その日、父は喜んで二女の学校にとんでいって、授業中の先生に、四女が無事生まれたことを娘に知らせてくれと頼み、あちこちにふれまわって喜んだそうだ。二女は、授

業中に飛び込んできて、先生に告げて帰る父が恥ずかしかったと言った。五十七歳の子だから、年齢から考えれば初孫みたいな気持ちだったのかもしれない。正直で喜びを隠せず行動してしまう父なのだ。

刺繍工房の職人さんやお弟子さんたちも巻き込んで祝ったとのちのちも聞いた。お手伝いさんにお赤飯を作れと父の命令。しかし餅米は一晩浸けないと……、というと、せっかちな父は不機嫌になったけれど、翌日作ることを約束して、米屋さんに餅米を一斗（十四キロ）注文して、さっそく用意にとりかかったという。

母が床《とこ》から「お父さん、また言い出したら……」と笑って、お手伝いさんに小豆のことも頼んだという。そんなことをおりおり想い出す歳になった。そんな思いをもっていた父と子ではあったけれど、いっしょに暮らしたわずかの月日の日々をみんなからよく聞かされている。私も友人から「セッカチ節子」と言われているのは、父の遺伝か。

父は五十九歳（私が二歳七か月）で逝ったけれど、今、私は八十二歳。母は五十七歳で、私が十七歳のとき亡くなっているから、両親のどちらよりも長生きしている。

聞かされた話――。毎朝、父の背中におぶられて散歩に行く。私が指さすほうに、どこにでも歩いたと聞く。駄菓子屋でおもちゃを指さすと、すぐに買う父。お互いになくてはならない毎日だった。父と子の二人の一〇〇〇日ほどの短い日々だった。

かつて、親戚の人々や知人、のちに私の養母になった長女まで、私のことを「お父さんそっくり。食べ物は癖のあるくさやの干物やワサビが好き。せっかちで遊び上手、言い出したら聞く耳持たず、お祭り大好き」と、もうたくさん聞かせてくれる。たぶん父のことを知らない私へのメッセージなのでしょう。

最後に、いつも私が「ね、酒呑みっていうのも父の遺伝よねぇー」とオチをつけて笑いながら、私だけが受け継いだ酒呑み（今はワイン）は続いている。大勢の人々に愛された父の輪郭が描けてきておもしろく聞いた。

「お父さん、お母さん、もうちょっと待っててね。いずれ行くけど、まだ私は遊びたりないし、飲みたりないよー」と話しかけている。

たぶん、一生飲み続けるだろうなぁ。寝る前のパートナーの犬のルルと二人の宴会で一日の幕が下りる。

2 日赤看護学校での「脱走」事件

当時、「人もうらやむ日赤へ、好んではいる馬鹿もある」、なんて勝手に歌を作った学生時代だった。姉たちの反対を押し切って憧れて受験・入学したものの、東京の日本赤十字女子専門学校（現・日本赤十字看護大学）での寄宿舎生活の厳しさは、末っ子にとっては言葉に尽くしきれない恐ろしさだった。

規則ずくめ、号令遵守、そのうえシラミ、南京虫に噛まれてかゆい……、そんなもんじゃない。でも、友達と励まし合って、半人前はかけずり回って勉強や実習をしたし、空腹にも耐えた。それは、外泊として家に帰る楽しみが目の前にあったからかもしれない。〝帰りたいー、帰りたいー〟

しかし、終戦直後のこのとき、外出禁止命令が一か月以上に及び、私の性格から、黙

っていられず、教務や舎監（寮の責任者）に「外出、あるいは外泊許可はいつごろでしょう？」と聞きに行くこと二度三度。「ダメの理由は？」と聞くと、「まだ外が危険です。終戦後の整理がつかないので、人々の心が乱れているから。とくにアメリカ兵が進駐してきて、何をされるか危険だから」と、納得できる答えはもらえなかった。

米軍が進駐してきた三日目、アメリカの兵隊が白い粉をトラックに積んで、私たちの頭から首から、部屋まで真っ白にされたけれど、そのおかげで南京虫もシラミも全滅してよく眠れて幸せ気分だったし、別の白い粉はスイトン用で、厨房いっぱいに袋が積まれた。食事の量も増えていったのを覚えている。米軍の小麦粉のスイトンなどで、身長一五四センチ・体重四三キロの私は、またたくまに五三キロになった。どうして、そんな人たちがこわい人なの？

しかしであります。私の母に逢いたい！　との思いが日々深く心を叩くのだった。

よーし、ままよ。自分で決めて帰ればいいのだ！　自己決定・自己責任じゃないか！

そう、どうして思いつかなかったのか、このバカ！　と思ったとたん、書き置きをして帰省してしまった。つまり「脱走」ということ。夕闇に紛れて、いそいそと母が疎開している神奈川・海老名の姉の家へ向かった。

お小遣いが少ないので、旅費が気になって東京・高樹町から新橋まで歩いて一時間。東海道線の茅ヶ崎駅から相模線で社家《しゃけ》駅について、ホッとしたらお腹がぺこぺこ。あっ、そうだ、いつも母が送ってくれていた大豆の煎ったものをポケットに入れていたなぁ、と思い出した。改札を通って、石の上に座り込んでポリポリと食べ、駅の構外の水道水を手ですくって飲んでいた。

ここから三十分歩けば母のところに行ける、しめしめ、と時計を見たら二十一時。相模線の終電だった。

社家駅では、駅長さんらしい人が、扉を閉めにかかっていた。

「お姉さん、赤十字の人？　いまからどこに行くのかい？」

「有馬村の郵便局の姉の家です」

「ああ、宇田さんね。俺、仕事が終わったから自転車で送ってやろうか？　浩さんは戦地だし、無事に帰ってくれるといいなぁ。泰子さんもてぇへんだなぁ。なに、妹さんかい？　そういえば似てるね」

うながされて、自転車の後ろに乗った。石ころだらけの田んぼの真ん中の道をひたすら二十分。いくら若くってもお尻が痛かったけど、おじさんにかじりついて自転車は走った。

「おじさん、ありがとう。お名前を」

「ああ、金平さんとこの地類だよ」と言って、自転車は去った。暗かったけれど、手を振って別れた。

夜の十一時すぎ。「ただいまー、お母さん!」。びっくりしたのは言うまでもないが、理由を知らぬ母の喜びようは、いまだにまぶたに焼き付いている。

姉が、大きいおにぎりを作り、かまどでお汁を熱くして「いっぱい食べなさい、よく帰れたね」と、あまりの喜びように、私は「脱走して……」とはまさか言えないで、その夜は母の隣で眠った。

姉の家は田舎の小さな郵便局。つまり特定郵便局である。村に一つの局とあって、農家の人々のコミュニケーションの場でもあった。入口にはペンペン草が生えて、秋は月見草が咲いていているようなのどかな局である。

セクション1
生涯を導いてくれたこと

翌朝、その郵便局に友達から電話がはいった。

「ねっ、あなたに次いで脱走組が増えていって大騒ぎなの……」

「ええ！」

しかし後悔しない！ やることだ！ ああよかった、と、後先なんか考えずに、その日も脱走のことは言わず、姪と遊んで幸せな感じで過ごした。

ところが、藤沢市鵠沼の保証人の姉（長女）のところに、学校からお叱りの電報があり、翌日、局に長女から電話があって、脱走がわかってしまった。しかし母は何かご機嫌であった。

病弱の母は、脱走してまでも帰ってきてくれた末娘に何も言わず、嬉しそうな顔をしていた。無口な母が、幼いときの話など、いっぱいしてくれたり、珍しいほど話が尽きなかった。

3 母が諭してくれたこと

脱走して九日目、四歳の姪の子守をし、草取りをしながら母との暮らしは続いた。

「お母さん、私、学校、退学するけど……」

「頑張り屋さんだと思う節子が、そういう気持ちになるって、ほんとに辛いのねー」

しめた、母はわかってくれた、と心で思ったら、母が静かに話し出した。

「ね、節子。これからの人生は長いのよね。お母さんの意見を言っていい？」

「うん。辞めていい？」

返事なし。そして間をおいて、

「あのね、初志貫徹っていう言葉があるでしょう。辞めるのは簡単じゃないのよ」

「え？　どうしてー」

「今、十八歳になろうとしているとき、厳しく、辛い、それが自分に合わない学校だからと、途中で辞めるのはいけないわ……。もし、それを決行したら、今はすっきりするかもしれないけれど、これからの長い将来、いつも結末をつけないで中途半端な人生をおくるようになると思うの。あと二年だけよ。若いあなたは耐えていかれるはずと、母さんは思うのよ」

と、訥々《とつとつ》と話す言葉は胸にかえって強く響いた。

「うーん、うーん、そう？　ふーん。……お母さん、やってくるわ。仕方ないさ。あと二年。そうだ、やってみよう。そしたら、お母さんと暮らせるものね。よし」

と、心が決まった。そんなところへ長女の夫がとんできて、

「節子！　東京で待ってるって言ってたぞ！　僕ね、節子がやった行動を謝ってきた。しかしね、弱音を吐く子じゃないけれど、母親が病身でいることが、たぶん心にひっかかっていたんだと思うって説明した。しかし、相当怒られる覚悟で帰れ」

「えっ？　お兄さん、わざわざ謝ってくれたの？」

「いや、お呼び出しよ」

「ごめんなさーい。学校に帰るわ。卒業したら、すぐ家に帰って来るからね。ああ、ああ……、あと二年か……」

「相当、説教されるのを覚悟で帰れよ」

「あさってじゃ駄目かしら」

「決めたら一日でも早いほうがいいよ。だってかなり怒られるって言っただろう。それを気にしているより、早く怒られて、謝ったほうが僕はいいと思うけど」

「そうよね。じゃ、母さん、明日の朝帰るわ」

と話は決まった。

「節子、学校に帰って反発するなよ。あちらも『何か、何度か帰省したい、なぜ許されないのかと聞かれたとき、西條さんの帰りたい気持ちを聞かず、だめだめと言った私たち教務と舎監にも責任はある』って言っていたから」……。「ふーん」……。

というわけで、翌日、姉が大豆をいっぱい煎ってくれた大きな袋を提げて、私は母に別れを告げて帰途についた。

その一か月後、「ハハキトク」の電報。電報をもらったときは亡くなっていた。心のなかで叫んだ。「最後に会えたんだー」。

もし、私が私の意志を貫かずに、寄宿舎で悶々と過ごしていたら、私は母に一目も会えず、母を送ってしまうことになって、生涯、自分の意志の弱さを嘆いたことだろう。

危篤、いや、死だわね、と心で反復しながら帰途についた。どこで電車を乗り継いで藤沢に戻ったかわからないほど、ボーッとしてしまった。玄関にはもう「忌」の紙が下がっていた。

「ああ、脱走してよかったんだ。母さん……、母さん……」

「忌」の紙の前で立ち止まって、母の言葉「初志貫徹！」を反芻していた。

あの日、あの時、姉の家の門で、振り返って「大丈夫」という信号のつもりで、ふざけて手を振ったり、腕でマルを作って合図したりした。

しかし、母はニコッともせず、まばたきもせず、じーっと私を見つめていた。母の心、母の瞳が一生ついてまわっている。

4

長く叱るな、怒るな、ぐちるな

寄宿舎から脱走したことを今になって振り返ると、学校に帰ったおりの光景が浮かんでくる。今だから笑って話せることだけれど……。

学校に戻って、教務に到着。さて！と、待ち構えていた三人は教務主任と池先生、舎監。舎監が鬼のような顔をして、にらみつけ叱りつけること一時間。一時間ですよ！

私は起立したままで。

何を叱られたか今もってわからない。直立不動で、眼をそらしても怒るし、二回謝っても怒るし、心のなかで「まあ、言わせておくか」。

ときおり、同級生に早く会おうとか、まったく舎監さんはこんな大声でノドがつまらないのかな、いやーだ、ご自分は両足三十センチも開いてさ、とか重い大豆の袋を床に

置きたいけど、また怒り続けると困るから、「よっこらしょっ」と肩に担ぎ直したら、

「あんた、私を見てるの!!」

黙って、何も反発するなって、義兄が言ったな。よし、黙って返事もするものか。ああ長いなぁ。何を言いたいのかさっぱりわからない。こんなことをヒステリックと言うのかね、と心のなかでちょっと吹き出していた。あっ、吹き出したらいけない。真剣な態度でいこう。ガマン、ガマン。マジメ、マジメ。

あとの二人は何も言わず、「さ、早くお部屋に帰りなさい、今度カリキュラムも変わるから、あとでゆっくり説明するからね」。

ほー、カリキュラムだって。英語か……。終戦で変わるのだ。それだけしかこの一時間のお説教は覚えていない。そのときのひらめき。

「叱る」「怒る」「文句」「ぐちる」……、長く言ったって何もならないな。ご本人は聞いていないもの。ヤレヤレ解放されて、自室に戻る長い廊下で、長く怒るな、ぐちるな、そうだ、いい勉強だったね。生涯、長く怒るな、ぐちるな、ウン、いい勉強をした。

これが一生の座右の銘になるとは皮肉なものだった。

セクション1
生涯を導いてくれたこと

5

曲げない信念と愛――沢田美喜先生との出会い

日本から見れば、地球の真裏にあたる南米移住のための研修所。そこに主事として就任したのは、学校勤務の十九年間を終えて、「南米」という地に好奇心が動いたからだった。

ちょうどそのころ、エリザベス・サンダースホーム（戦後、駐留米軍兵と日本女性との間に生まれた子どもなどを養育するホーム）の沢田美喜先生が、南米にステパノ農場を作られた関係で、研修講師を担当されることも多かった。

そこで、教職から大胆に一八〇度転換した私に興味をもたれたのか、南米移住調査の協力や、研修などについて熱心に助言をしてくださったのが御縁で、時間があれば先生に呼ばれて、大磯にあるサンダースホームの入口の門からトンネルをくぐって訪問することが多くなった。

研修カリキュラムにも一番うるさかった。サンダースホームに呼ばれては、「官公庁の人々が話すような講義はやめなさい。なぜって、移住したら広大な土地をもらい、大地の金持ちになるなんてことを言うけれど、私はステパノ農場を作って苦労している。甘いもんじゃない。それより、ポルトガル語、スペイン語に力を入れなさい。独自にブラジルでもアルゼンチンでも開拓できる」といつもいつも指摘されていた。

私も南米移住女性の生活調査に出ることとなり、調査計画書について助言を求めた。先生は「西條さん、馬鹿な計画するもんじゃないわよ。二週間でいったい何がわかると言うの？」。先生は南米を何回も訪れ、また、かつて夫が国連大使もされていたので世界に精通していらっしゃるだけあって、見事に一喝！

「じゃ、どうしようか？」と、とまどう私に、「四十日か五十日かけて、ブラジルとアルゼンチンの移住者を訪ね、次の機会にボリビアなどに行くことにしなさい……」と次々と地図を開いて説明してくださった。

「ね、とにかく私の計画で行きなさい……」

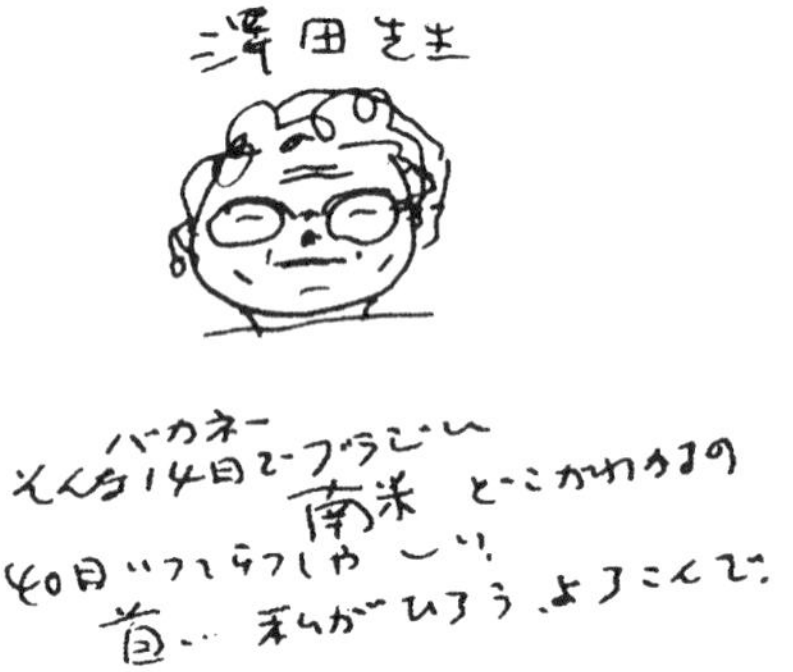

「先生、研修所の計画違反になるけれど、どうしよう」と、よわった表情の私に豪傑な先生は肩を叩いて、「アッハッハ」と笑いながら、先生の計画書にそって、アマゾン河口ベレンの総領事、当時の首都のサンパウロの大使などにどんどん電話をかけまくり、事の次第を話し、「西條さんが行くからよろしくね」と、何かと依頼してくださる手早さ。私のアダナも「セッカチ節子」だが、先生のほうが早い。

「行ってから、日本に電話で報告しながらやって来るのよ。帰ってからクビ！　になったら、私が喜んであなたの首をひろうから！」と背中を押され、急に気持ちはすごく大きくなって出発した。一ドル三六〇円時代、持ち出し金は五〇〇ドル以内なので、学校の退職金をおなかに入れて……。

領事館の皆さんに迎えられ——ものものしい様子で、どなたのお迎えかと思ったら私だった――ブラジルの大地に第一歩を踏み入れた。

ポルトガル語、スペイン語の辞書とカメラとペンと小さなトランク一つが私の長旅の始まりであった。

往きはニューヨークに寄って、そこからアマゾン河口のベレンで一仕事して、空のタクシー・テコテコ（操縦席と後ろに座席二名の三人乗りプロペラ機）に乗ってトメアスへ。ドアもないテコテコは、操縦するおじさんがご当地のピンガ（サトウキビが原料の蒸留酒）で酔っぱらいながら、後ろで私たちが「うぉー、うぉー」と叫ぶのを楽しんで急降下する。上から見るアマゾンの森は、ブロッコリーのように見えた。

トメアスからは船で一週間、移住地に寄りながら、マナウスへ向かった。

船は日本人三人と、現地の人三十人くらいでいっぱいだったけれど、ラテン系の皆さんは陽気で人なつっこく楽しかった。

女性移住者を追い求めて、領事館の現地職員一人が案内役でアマゾン川沿いの移住地を訪ね歩き、マナウスまで船の旅は結局一週間以上かかった。その頃には、ベレンで買ったハンモックで寝るのにもすっかり慣れたし、現地の人々とも船上で交流した。酒飲みの私は、ピンガを飲んで、夜は現地の人と歌をうたったり、現地の労働者の食事と乾燥肉を煮たフェジョワーダーまでいっしょに食べた。音楽《うた》は心の言葉であった。

沢田先生手配の大使館、領事館などやシスター方に支援をうけて、四十日かけた旅は終わり、私はこの調査結果をまとめなければならない。

移住地で開拓民や開発会社の家族が銃で殺される話はたえなかった。現地の人の土地を侵してはならない、自然の掟を忘れてはいけない。移住地の日本女性の疲れ果てた姿に、私の心は傷だらけになり、痛んだのだった。四十代の精神力、体力と食欲でのりこえて調査活動は終わった。

任務の時間をオーバーして帰国。やっぱり私は二年で退職した。

沢田先生から、サンダースホームの後継ぎのために理事に入るよう求められたけれど、私は、藤沢市議会議員へ立候補する道を選んだ。

先生は選挙の手伝いに折々来てくださった。立候補の初日は応援演説にかけつけてくださり、二日目、アメリカに渡った。理由は、ホーム出身で養子に出した青年が、ベトナム戦争で戦死したという知らせが入ったからだった。

赤く焼けた土から
ヒョイ！と とび上る
ドアのない 空のタクシー
は、密林の上をいく。
さわぐ私、わざと。
テコテコを上下させ
“ひぶ運転手”
飲酒運転？
空のテコテコ
タクシー 運転手1
定員 乗客2
アマゾーンをとぶ
空のタクシー テコテコ
3人のり。
アマゾン河

ポンとバナーナ、レイチェをつれて。

「私は、W《ダブル》（ハーフ）の子を拾い、命を助けた。それは戦争に行って殺され・殺しあうために命を拾い、育てたのではない！　私の子どもを返して！」と怒って、アメリカ各地の教会や友人たちの集会で講演しに行ったのだった。

アメリカから「選挙結果はどうなったか」と、わざわざ聞いてこられ、〝当選〟の言葉を聞いて、「ああ、安心した」。パチリと電話を切った。これが沢田流。

「ママチャマ」と慕われ、元国連大使夫人として活躍し、サンダースホームの理事長としての話題は宝の山のようにたくさんあって、次々に出合う話は私にとって人生の糧となった。尊敬する先生との交流が私の心を育てたといっても過言ではない。そのなかで、一四〇〇人の赤ちゃんを救っていく足跡を学んだ。

「孝行したいときに親はなし、つまりいないのよ」と、よく話されていた。だから、沢田先生が外国旅行中に突然亡くなったのはショックだった。

強烈な愛と個性、その個性を曲げない信念に添い、私は強い先生の場面と、弱い人間の姿をともにできたことを誇りに思っている。それがその後の私の活動の原点にもなっているが、それはそっと心の奥にしまいこんだままである。

6 政治の道へ——葉山峻さんとのきずな

ひょんなことから私は、一九七一年に政治の道に入った。もちろん日々政治に関心が強い私であることは確かだったけれど、まさか私が市議になって二十四年も活動するとは、誰が思っただろう。

私にその灯をつけたのは、葉山峻《はやましゅん》さんであった。

当時はまだ無党派の女性議員が地方に誕生する素地は少ないときだった。

葉山さんが二十五歳で藤沢市議会議員にトップ当選してから三期活躍し、藤沢市長選へ出るため引退されたあとを私が引きうけた形だった。

どーして？　と問われると、裏話では市議だった葉山さんのあとの候補者を自薦、他薦されたが男性ばかりで、選択に困ったところから、葉山さんの母も藤沢市議会議員だったこともあり、女性を……という話で決着したらしい。これは、あとで聞いた話。

峻さんとの出会いは彼が高校二年生のころ。私が教師になって四、五年たって、みんなで旗揚げしたアマチュア劇団「蟻座」の仲間であった。市内の高校の教師、生徒なども多く参加して、古典から現代劇まで幅広く学習しながら舞台をつくった。

彼はそのなかでも、早稲田大学の露文科を目ざす青年だけあって、ドストエフスキー、チェーホフ、すべてに精通していた。大学在学中にお母さんが急逝しての市議会議員立候補となった。

峻さんを次は市長にしたい一心で、市長選の前の年、私は市議選で初当選した。私の人生にとって思わぬ展開であったが、翌年の市長選で市民が中心となり、社・共（当時の日本社会党と日本共産党のこと）とともに苦心惨憺して「市民連合綱領」をまとめたとき、私は四十三歳であった。

日本で初のマニフェストのパンフレット「緑と太陽と潮風のまち」は全国から注目されて、マニフェストは二百円で市民の皆さんに売れに売れた。市外からの注文にも応じていった。私は市長選の財政部長として働いた。

青年のはやま。
社長の顔
はやま
さん
現在

当時市民が集めた選挙費用は五〇〇万円。社・共が分担してくれた各二〇〇万、計九〇〇万円の資金を使って、見事勝利したのはいうまでもない。

このとき、市民中心に政党間の共同作業のむつかしさ、ややこしさを体験していった。彼の頭脳と心で、市民運動から三十七歳の市長へ。人間のいのち、平等に生きる道、そして緑と太陽と潮風のまちづくりに邁進して、日本中から羨まれる市政、モデル都市づくりに働いてくれた。今でも日本での先駆的市長として、市民の心に焼きついている。葉山峻さんの初登庁の第一声。「市の職員は、市民のパブリック・サーバント（公僕）であり、市民のための市政へ転換していくことを誓おう……」と力強く宣言した。

そのとき私は心に誓った。

市民の一人一人、一番困難な人々のなかに私を置こう。葉山市長のおおらかさが、脇を甘くすることもありそう。私は裏門番に徹しようと関根久男先輩議員と話し合った。

私は、今、去ってしまった峻さんに祈りながら話している。彼が市長を六期で引退、私も六期で役目は終わった。峻さん、やはり日本一の市長だったね。そんな素晴らしい想いも誇りも私はいだいていることを伝えよう。

7
引き際はお見事！

一九七一年に四十二歳から、藤沢市議会議員になって、まちの政治活動を始めてはや二十四年。六十五歳で議員引退を決意した。

親しいまわりの皆さんから、「よく飽きなかったわね」「よくがんばったわね」とか、たくさんのお言葉をいただいた。

私が二十代のころ神奈川県立藤沢高校に勤務していたときの校長・金子誠先生からいただいた一枚の葉書に、ハッとして胸をつかれた。

『引き際はお見事！　よく働いてくれたね。ご苦労様』……

先生からの言葉はそれだけであったけれど、胸にじーんとこみ上げてくる喜びがあった。そういえば、先生は定年後、私学にもいかず、学校関係の仕事からスパッと変えて、

一人旅をしたり、文筆活動をしたり、それが先生の希望だったのだと思った。そういえば、と次々と昔のことが思い出されてくる。懐かしい校長だった。

当時、教職員組合がもう一つの新しい組合をつくって職員室が何となくギクシャクした空気になった。第三学期が始まるときの職員会議も終わるころ、「僕の私見として心境を述べさせていただく。これは教職員組合のことである」と言って話し始めた。

「新しい組合ができて、二つになったことについて、余計なことかもしれない、僕は出しゃばりなのかもしれないが。仮称・第二組合としよう。それはおとなしい感じでも、何が目的かつかめない。つまり僕の言いたいのは、四十七人の教職員が議論もせず、二つに分かれて一つは校長にはっきり物を言い、二つめは何も言わずに校長に従っていこうという気分が見えかくれする。

僕はどうも、そういうのはあまり好ましく思っていない。校長は二つめの組合は自分に従ってくれるから楽かもしれない。しかし、それは管理者側のおごりを高めることになるような気がする。したがって、僕の私見だが、好ましいとは思っていない」と読んで、さっと校長室に戻られた。その年の四月一日、転勤された。

その数年後、偶然、列車のなかでお会いしたとき、「僕、いま、県に呼ばれて叱られてきたところなんだよ」とニヤリとした。

「羽仁五郎さん（歴史学者・革新系の元参議院議員、著書『都市の論理』は有名）の話を生徒に聞かせたって、教育委員会に呼ばれてねぇ。いま、叱られて帰るところだよ。生徒が三年間の在学中に県内に住まわれるいろいろな著名人から、年二人ずつ計六人から話を聞く機会をつくろうと思ってねえ……。そう話してきたよ。教科書だけではねぇ……」とにやにや笑っていらっしゃったこともあったなぁ。

そして「引き際お見事」の礼状を書いてくださった。

先生がやっと認めてくださったんですね。ありがとう。

私の市議の役目は終わった。第三の人生を一つのテーマにしぼって追求していこうと、欲張りなプランを考えたのだった。「このお葉書、大切に心の中にしまいます」と返事を書いて、ポストに入れて、何か嬉しくなって、これから第三の人生、終着点まで大切に生きようと思ったのだった。

金子校長、ありがとう。私は一生忘れない。

＊セクション２＊

元気印のスパイス

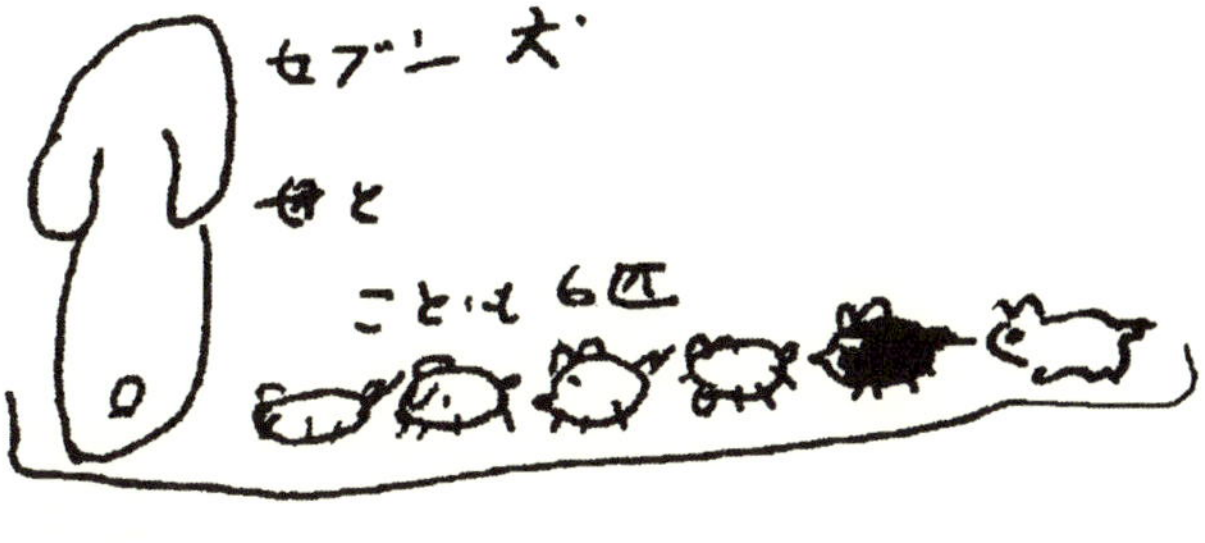

1

私を演じる第三の人生

人生を三つに区切ることから始めるとおもしろい。

第一の人生は親や地域の方々に育てていただいた時代。第二の人生は、何はともあれ自分で働いて生活して、まあ、一般的にいうなら、女も男も結婚して、子どもを育て独立させるころ。勤めていた自分も定年となる。

この定年になる前に、娘や息子をほっぽり出さないとたいへんなことになるだろうね。この子たちに頼っていこう、たくましく育つから大丈夫！　ところが娘や息子は親の家でパラサイトな人生を自由に謳歌していることに気づかないの？　「親馬鹿だったのよ」、なんてあとで嘆いている御仁も少なくはない。

どうして、親が終わる日まで親が子に頼り、束縛するのでしょう。「さっさと手放しなさいよ」、と話す私はおひとりさま。

先進諸国では、一人一人の生涯計画にそって独立していける環境が整っていることもあるし、親は「この子は神様から預かった子、十八年したら社会にお返しします」と、はっきり割り切っているのである。そして第三の自分の人生へと歩き出すのだ。

「社会の子として神様からお預かりした子」と考えればいい。

障がいをかかえた子の場合も、「障がいをもつこの子を、私の家だったら育てられると神様が判断したから授かった子なのだ。だから約十八年たったら、社会にお返ししましょう」と、それぞれふさわしい場へと、本人の選択によって独立させている。

もちろん、年齢に前後はあるだろうが、わが国のように一生子どもを抱え込むのが親の務め、手放せない愛《いと》し子、などという思想はない。

そこで、やっとお役目を終えた第三の人生を獲得したいま！　私を演じようではないか、と呼びかけるのである。

日本の年金、ましてや女性の年金は低いけれど、心はどう？　出勤や朝晩の食事時間などから解放された、この第三の人生の〈心〉は、小躍りするくらい嬉しいものだ。

できなかった朝寝坊！　自由な旅！　家のなかの整理をして、捨てるものは捨てる！　気持ちがいいほどいらない物だらけ。

質のよいものはバザーにせっせと出して役に立とう。地域の方に喜ばれて心地よいし、と考えて戸棚から整理を始めると、心の大掃除ができたように嬉しいものだ。

元気に生きるには、楽しむ・笑う、それで十分。

「でもさ、友達がいなければ笑えない」「どうして友達がいないの。へんね」

「髪が白くてみっともなくて、歩けないの！」「うそー。よくスーパーで会うじゃない」

「腰が痛くってねー」「当たり前じゃないの。機械だって、五十年以上使えばサビが出るのよ。油をさしながら、上手に使いましょうよ」

次は、今までやりたかったことをよーく思い出して、自由に時間を使うのよ。

「ね、西條さん、そうおっしゃるけど、私は趣味もなく、姑に仕えて、そのあとも連れ合いに従い、病気になれば看病し、今さら趣味なんて言われても何もないのよ」

「そう、自分の選んだ道とは言っても、今さら取り返しがつくわけではない。だけど今から人生を取り返そう！　そう言って叱り、励ましてくれる友人がいるじゃない。それは宝よ。ただおしゃべりするだけでもいいじゃない。似たもの同士が集まって、人生の愚痴を言いたいだけ言いあって、慰めあううちに、愚痴にも飽きて、愚痴が消えていくと思う。そして次の課題が必ず湧いてくるものよ」

「そうかしら」

「そうかしらと言ってばかりじゃなくて、やってごらんよ」と、言ってしばらくはお互いにごぶさたしていた。

突然、元気のいい声で「ダンス、ソーシャル・ダンスを習いに行っているの！」

「え？」と耳を疑ってしまった。

「楽しいのよ。男性と踊って、ね。今、タンゴに入ったところよ」

「ほう！　ステキじゃない。あのリズムで右向いたり、足を上げたりするやつのことでしょう。ふ〜ん」とあっけにとられた。

ずんぐりした彼女。足の太い彼女、が、ネー。メデタシ・メデタシ、とニンマリとした夜だった。

2 遺産がなくても遺言書――争いを避けるには

そろそろ油が切れてきたな、と六十代になって思うようになった。

ようやく到達したんだ、余暇ができるのよ、と心のなかで喜んではみたものの、養母（私の長姉）が八十代になり、次姉の夫がころりと亡くなって、その姉の家は四人の子どものうち、ものわかりのよい優しい子（成人）と思っていた子の造反で相続争いの突風が吹いた。

他の三人の子たちは「おふくろの考えでいこう」と素直なだけに、一人が巻き起こす突風がやまず、姉はとうとううつ病になってしまった。通院のサポートを引き受けて、毎日電話で話を聞き、毎月一日をともに過ごし食事をしたり、話を聞いたり、送迎したり……。

なんだ、自由の余暇を得たはずなのになぁ〜。

考えもしないことがおこるものだ。計算どおりにはいかないな。そうだ、四人姉妹の末っ子って、こういうふうになるのだ。父母が早くに亡くなった分、姉が親代わりになって、六十まで自由自在に活動するのを眼を細めて励ましてくれた。

今、私がサポートする番になったのだった。「晴耕雨読」なんて考えは捨てよう。でも、せっせと海外に出掛けるときは、養母はショートステイに行って協力してくれる。話のわかる養母に恵まれ、そのうえお小遣いをもらっていそいそと出て行く。これが私のストレス解消法でもあったようだ。

さて、姉の家の相続争いは——。相続争いって、すごいものなんだ。じゃ、どうしてわが家は四人姉妹なのに争いがなかったのか。なーんだ。金銭や不動産の財産がないんだ。そのかわり、心豊かな財産をあふれるほどもらっていたことに気づいた。

姉の相続争いの相談にのりながら、「お姉さん、これもいっときで終わることよ。思い切って長男にほしいだけあげちゃえ！」とアドバイスして、姉は他の三人の子どもに了解を得て、解決の判を押したころ、姉のうつ病も回復してきた。

近頃、年齢のせいもあるかもしれないが、やたらに耳に入るのは、仲が良かった兄弟姉妹が財産争いで決裂してしまって、いっさいのつき合いもしなくなったという話。

父や母の亡きあとの相続の方法は法律で決まっていても、土地の形や価格の評価の仕方、独身の姉妹や結婚した夫婦などなどが複雑に絡んでくるらしい。

私の友人が言った。

「うちの子たちはみんな仲良しだと信じていたのに、夫の死後、びっくりするような争いになって困ったのよ。夫に遺言書を書いて公正証書にしておいてね、と頼んでも返事もなかったの。もちろん息子や娘を信じていた連れ合いだったけど、ひと騒ぎしたのよ」

このように父、母が死亡した折りに、睦まじく成長してきた兄弟姉妹が相続をめぐっての争いで分裂していくわびしい事件がたえないのである。悲しいかな、血の争いである。

土地、金銭がないとしても、葬儀、埋葬、後片づけまで波乱がおこることが多い。往来していた姉妹に連れ合いもあるし、また兄弟にも連れ合いがある。

残された遺産があればあるほど、なければ後始末とお墓の工費などで、出した・出さないと不思議に世知辛くなるというのをたくさん見てきた。

遺言書の正式な書き方は図書館にも本があるし、公証人役場に行って公証人にお願いしてもよし、弁護士さんに依頼して多少の御礼をしても、そのほうが手っとり早く、気持ちよく、永遠の眠り心地もよいでしょう。

遺産が少しでもある人は、「この娘にあげたい」と書くと、他の娘にうらまれそうだと思ったり、指定した娘さんが、他の子から生前ねだって書かせたものだと仲たがいになるのでは、とか、思いめぐらせているうちに時がきてしまう。ためらうことはない。

死亡された方の立場にもよるでしょうが、葬儀も今は心あたたかい家族葬をおすすめする。そして片付けの方を指名しておいて、もしも残った金額があったとしたら、ユニセフや国境なき医師団の活動か、関係していた社会福祉法人、ＮＰＯ法人に寄付されたら死者の魂は永遠に喜ばれ、多くの人々を助けることになるだろう。

これが私の一番よいおすすめ品としたい。

え？　私？　もちろん、遺言の公正証書を作成してあります。

3

勲章なんていらない

神奈川・海老名の閑静な村、元有馬村に姉夫婦が暮らしている。特定郵便局長の祖父・父と続き、三代目が義兄。

義兄は外面《そとづら》はいい人で、内面《うちづら》はいばりん坊とは私の見る眼であって、夫妻のことは介入しないことにしよう。しかしよく夫婦げんかをしていたなぁ。

ちょうど訪ねた日は、義兄が八十歳。やたらご機嫌がいいのに「?」と思ったら、

「節ちゃん、近衛師団兵をしたことと局長経験で、やっと勲章のご沙汰があってさ、勲五等なんだよ、勲五等!」

「そう」

「なんだー、つれないね」

と言われ、あわてて、

「よかったわね、報われたのねー」

と、付け足しみたいに喜んであげた。

そのときは、「節ちゃんだって、市議会議員歴や福祉の役目をしたから、七十歳すぎたら勲章をもらえるよ」

気のいい素朴な人たちは、私を励ますつもりで話しかけてきたのだろう。本人は、勲五等に喜んでご機嫌。大満足。

「節ちゃんのは何等かなぁー、楽しみだね」と本気らしい。

「ね、お義兄さん、私の勲章はね、一等以外はイヤ。だって悪いことした人も、勲一等とかじゃないの。ウハハハハ……」

義兄も「何を馬鹿、言っているんだよ」という顔をして、大笑いしていた。横にいる姉は、意味がわかっているらしくって、ニヤニヤしていた。

そのとき、心をよぎったのは、「そうか、もし正一位稲荷大明神じゃあるまいし、勲七等とか勲八等で人格を決められたらたまらない。用心、用心、差し止める方法を考えておかなければならない」と、義兄の喜び方を見て・聞いて、私はそれに気づいたのだった。

そのおかげ様の知恵は功を奏して、議員引退のさいに、正式に「仕事の表彰や勲章などはご辞退いたしたいので、本人の意思を尊重するよう……」、と文書を議会事務局長に渡した。

事務局長は、「えっ？　どうしてですか？」といぶかったけれど、「私、面倒くさがり屋だから。性格に合わないようで、とくに深い理由もありませんが、どうぞ辞退手続きを受理してください」と無難にことを通過させて、ホッとした。

勲章授与のころになると、新聞に「〇〇議員・勲何等」と、ずらずら出てくるから、やっぱり辞退していてよかったー、と爽やかな心になった。

先輩・友人たちの受勲パーティのお誘いもよくくるようになった。時間が許せば、その方の喜びに参加してくる。自分の主義だからといって、その方の喜びまで否定するほど愚かではないつもり。

後輩のときも参加した。帰り、出席した私に喜んでくれて、「西條さんはきっと、来

年にはいただけるわよ」と慰めてくれた。

こういうときは、ご本人へのお祝いの言葉だけでよい。そのじつ私の心は「言わぬが花さ、ヘラヘラ」とニヤニヤしてホテルを出る。

また今年も秋を迎え、勲章の季節となった。遠くの友人たちから、叙勲祝賀会への出席依頼がポツポツくるようになってきた。

参ったなぁ。何が？　いやー、有給休暇なんてのんびりしたことは言っていられないのは、パーティの会費が一万円から二万円なのであった。そして「獅子奮迅」の意味で、鉄の大きな獅子の置物などを記念品としていただいて帰ったけれど、私のうちに飾るところがない。

勲章より大切なものは、権威にこだわらない自然の姿だろう。

ドイツに欲のない人は王様って歌がある。そうなりたいな。

4

シングルマザーになったわけ

十二月も大晦日の日に授かった息子、そのとき私の歳は三十六歳であった。

その日、男の子と女の子と二人授かったので、養母と友人と犬のルルドと二人の子で大晦日を過ごすことになった。

小学校一年生の男子と、三年生の女子。ウフフ……。はやりだし、駆け出しのシングルマザーということにしよう。

ちょっと急にそんなようにことが運んだのは、突然の児童養護施設のシスターからの電話であった。

ことと次第は次のようなことなのである。

一年生の男子三四郎君が、もう陽が落ち、冷たい風が吹くときなのに里親が迎えにこない。理由を話したけれど理解ができないのか、淋しいのか「きっと迎えにくるよ、車でくるよ」と、つぶやいて外に立ってしまって、施設に入ってくれない。そこで考えついたのが、あなたの家。三四郎君は二、三回あなたの家の餅つきに招かれているから西條さんを知っている。冬の夜は早く暗くなり、寒さのなかで立っている子が忍びなく、

「すまないけれど、預かってー」

「ほー、そう。ま、お正月用の煮物もあるから急に食事をつくる必要もないし、ウーン、いいわ、車で行きましょう、ただし、もう一人同じくらいの年齢の子どもさんとならね。二人という理由は伺ってから」と、さっそくわが家から十分、坂の上の施設へと走った。車が着いて三四郎君は飛んできたので、

「三四郎くーん、今日から西條さんのうちよ」と、車から首を出すと事も無げに喜んで、荷物を取りに自分の部屋に駆けていった。

「シスター、お電話で、『それなら二人』と言ったのは、私のところは大人ばかり、小学一年生の男の子と遊んであげる暇がないから、二人組で来てくだされば、子ども同士で楽しんでくれると思うの」

「そう……。残っている子は三年生の女子なんだけれど、迷惑かけないか心配！」

「いいですよ、たいしたことないんでしょう。ただ、ご本人が私の家に来てくれるかということだけですよねー」と町子ちゃんと話してみたら、気持ちよい返事をもらって、二人を乗せてわが家に帰った。

ぴったり夕食の時間、うちの家族たちも犬も大歓迎してくれて、にぎやかな大晦日は太陽の光が射すようなにぎやかさだった。そして、その夜、町子が言った。

「ね、ここの家、貧乏なのねぇ」。三四郎が「そうだよ」と相づち。

「そうかもね、ふーん」と私。

「だってね。夜のごはんのあと、デザートがないいんだもん」

そうか……。デザートがない家は貧乏なのか。そうだ。貧乏の家でいこう。

そして、三四郎はとっても優しく、私に「西條さん、重いものを持つんじゃないよ、歳なんだから」だって。

児童養護施設は、家族のいない子どもや家族の病気で養育困難だったり、いろいろと事情の異なる子が、赤ちゃんのときから、あるいは二〜三歳からでも入所して生活している。私はこの施設の子どもさんを毎年、春は私たち主催の地引き網大会へと海に招いたり、冬は餅つき大会などへお誘いして、いっしょに楽しみ、親しんでいたことがこの縁につながった。養子縁組を家庭裁判所に申請したが、未成年者の養子縁組は、独身はダメと認めてもらえなかった。それにシングルは里親制度への申込みもできない。

戸籍上も制度上も親子ではないが、親と慕ってくれる三四郎は知的障がいで、いまはもう四十五歳。町子は結婚して娘もいる。三四郎は、素直でたくましく、そして優しい心をもって育っていった。グループホームから地域作業所へと、毎日自転車で通勤している。給料は平均一万七千円弱。生活費は障害者年金があり、足りないところは里親の私の負担である。

大きな息子、無邪気な息子、正直な息子、透明な心のこの息子とともに四十年余。しかし幼いときから「施設の子」と一般の人からレッテルを貼られる。

どうしてだろう！　差別！

あるとき、友達の父親から古い大きな靴をもらってきたが、ぶかぶかですぐに脱げてしまうので履けないという。

「どうしていらない物をもらうの？」と聞いたら、

「施設の子だからって言ったよ」と本人は平然としていた。

「ねえ、私だって、末っ子だから姉三人のお下がりのお古を着たけれど、自分に合わないものを押しつけられたことは一度もなかったのよ。三四郎の必要なものは私が買ってるでしょう。ね、三四郎！　三四郎はもう施設の子ではないのよ。名前こそ違うけれど、私の息子でしょ」

「うーん、そうなんだけど」と言うのを聞いて、「みなし子」という言葉を思い出した。

昔、エリザベス・サンダースホームの沢田美喜先生のところでお話していたとき、お手伝いさんが「〇〇さんが見えましたけど……」と伝えに来た。子どもをもらいたい人が次々に来られるらしい。

「ああ、断って、逢わないわ。あのね、日本人全部じゃないけれど、子どもが授からないから、沢田先生の子どもさんをください……、そこまではいいの、その次よ。素性のいい子を！　だって！　何いってるの、素性のいい子かどうか誰が決めるの！　すぐ断るの。そんなの親の資格なし！　大切な子をあげられないわ。不幸にするために劇場の椅子から拾ったり、ホームの入口のトンネルに捨てられた子を育てているんじゃないの！　だから門前払い、何回来たってダーメ」と、聞こえよがしの大声で断られた。

三四郎が知的障がいでなかったら、神様は私にこの子をくださらなかっただろう。一生つきまとう、この「施設の子」というレッテルを取り去ることはできないのか。

ある日三四郎が「作業所で、髪を赤く染めてはいけないと言われたんだ。作業所の主任さんが、西條さんに聞いてみなさいって」と私のところにやってきた。

そんな前座を知らない私は、赤毛で帰ってきた三四郎に、

「やあー、三四郎も流行の先端をいくようになったね。似合うよー」と言ってしまったのである。自信を得た三四郎は、晴れ晴れした顔で作業所に出勤した。そして、

「主任さん、西條さんがね、よく似合うなーって、言ったよ」と話したそうだ。

一年で、また元の栗色に戻って、今度はイヤリングを始めた。

「百円ショップで買えるよ。西條さんもすれば若く見えるよ」と。

マイッタナー。三四郎は、作業所が休みのときは、私のところにころがるように帰宅してくれる。この子たちは、シングルマザーの私の宝である。

5　ウンとシーから始まって——障がい児・者との歩み

私が右の足が曲がらない障がいになったのは二十五歳のとき。手術を三回したが、元には戻らない。決定打であった。右膝も曲がらないってことは、当時、日本式トイレが普通であったから、病院から帰って、あー困った！　と。そこであわてた養父がにわか作りに木の枠をこさえてくれた。

当時は、どの家も穴式トイレで洋式なんて見たこともなかった。

みんなどうしてるのかしら？　聞いてまわるより、今を急ぐ切実な問題であった。男性はウンのときだけだからまだいいと……。便器の製造会社・東陶（現・ＴＯＴＯ）の工場が隣の茅ヶ崎市にあったので、社長さん宛に何通の手紙を出したろうか。返事はなかった。男か……、わかんないだろうなー。

生活のなかで工夫した第一は、水分を多く摂らない。そして他所《よそ》の家へ行ったら、すぐトイレを借りる。〝あ！　ここも駄目だ、早く帰ろう〟。すすめられるお茶もそこそこに退散したのを思い出す。

招待のたびに「あなたのうちのお便所は洋式？」と、聞くと「今どき、そんなモダンな家はないわよ」と返事がかえってきた。「西條さん、このごろへんじゃない？　お便所の話ばかりして……」。

社会一般の人って、そんなもんなんだー。じゃ、眼が不自由な人はどうしてるのかな。じゃあ、じゃあ……と次々に頭にとびこんできて眠れぬ夜が続いた。

とりあえず、至急身体障害者手帳を申請して、障害者手帳五級を取得。市から慰安激励大会の案内はがきが来て、それいけ！　とばかりに出席した。

入口で袋に詰まったお菓子をもらってホールへ。「椅子の前後の幅が狭くて、足が曲がらないので座れない」と訴えて、横に折りたたみの椅子をもらって隅っこに座った。

突然一人の男性がぬくっと立ってきて、「仲間のはずなのに椅子が違う」、と言いに来て、一番前の席の人を押しのけて私に「座れ！」と命令してニッコリと笑った。「どけ」

と言われた人は、すぐどいて後ろの席にいった。「いいのかなー」と、心配してあたりを見回した。

これが障がいをもつ身になった私の心を導いてくれた知的障がい者だった。

それに比べて会場で配られた寄せ集めのばら菓子が入っただけの白い紙袋！

「障がい者には、この程度でいい」という心が透けてみえ、「これが私たちの人格なのか」と独りつぶやいて涙が止まらなかった。これが〝人格〟か！

それから二十年、一九七〇年ころは、全国的に精神薄弱児者親の会として、各地で家族の方々、おもにお母さん方の集まりがぽつぽつと開かれるようになっていた。

当時市議会議員になりたての私も飛び込んで、懇談会に出席させてもらった。歓迎する方、白い眼で見る方……。かまうことはないよ、と心に言い聞かせながら。

話し合われる一番の悩みは、市内にはこの子たちの小学校、つまり養護学校が一つしかなく、また一学年に一学級しかなく、八人定員なので、入学したくても狭き門なのであった。「東大より狭き門ね」と言っていた。

では、入学できなかった子どもは？　入学年齢になれば、自宅待機で一年生から六年生まで、わずかな日数、先生の訪問学級を受けて卒業。そしてまた中学校も同じで学校は自宅。生徒といっても自分一人、教室は家庭の一室。学校・日常生活・就寝・遊びも、全部その部屋。それで卒業証書が出されるのだった。

そして次はどうなるの？「行くところがありません。見ていて理解できるのかわかりませんが、自宅でテレビに子守をしてもらっているようなものです」との訴え。なかには大きなぬいぐるみの山に埋まって、なにやらつぶやいていたりする。身体は大きくなり、親は年齢を重ねて「小さく」なる。この悩みは繰り返された。

私は葉山峻さんの活動を引き継いだところだった。いつも傷の痛みわけ、傷のなめあいの話ではいけないと、各地で活動する親の会へも数人で、子どもたちもいっしょに飛んだ。大阪・神戸・信楽・びわこ・九州・四国、南から北までの各地のグループの活動を見たり聞いたりして歩き回った。ヒント探しの旅であった。

家族と当事者と民宿に泊まって語らい、当事者がたまーににっこり笑いあって、夕食を食べられる雰囲気がうまれてきた。

「うーん、うーん」と聞いて、いったい私は何から手をつけたらいいのだろう。年齢・

性別・個性も違うのは当たり前。

「まず家から出る場所を先につくりましょう。そこから、この子たちの住まいを考えましょう」と運動は「通う場」から、はては生徒の父母から通学問題が出される。障がいをもつ子どもの医療を受け付けてくれるところがないなど、やっと私に向かっていた白い眼が輝くと同時に、あれもこれもとスーパーのように課題が山積みになった。

普通学校に特別指導学級づくり、毎日の活動と、毎夜、わが家でボランティアの大学青年が集まり、日が暮れて、そのまま朝を迎えた日も少なくなかった。朝、目が覚めてビールの空びんがごろごろしていた。

葉山市政・長洲県政、そして一九八三年から国連の国際障害者の十年計画が始まった。それをきっかけに一段と前へ進もう！　障がい者政策では、先進国のカナダやイタリアにも飛んだ。手がかりをつかむのに必死であった。

牛歩のようにじりじり歩みながら、藤沢市の古い物件を借りて、お母さん方と夕鶴会という機織りの家ができた。次は「星の村共同作業所」の開設である。

ちょうど障がい者のために地域作業所一か所・十人単位のものを作るか、借りれば、

運営費に多少の補助が出る制度ができた。これは、当時の厚生省の発案であり、各県によって、人件費の補助額などまちまちだが、私たち親の会も神奈川県下で二つ目といわれるくらい手早く、その作業所を作る用地を貸してくださる篤志家を得た。

千坪の敷地に二十五坪の家を造った。この場所は第一種の住居専用地域。市に提出した書類審査の一回目。

「これ、専用住宅ですからダメです。計画は家の体《てい》をなしていない」

「えっ？　塾は一定のことをクリアしていればいいのでしょう？」

「塾？　英語塾ですか？　書道ですか？　何の塾ですか？」

「ちょっと、あなたのその建築法の本、見せて！」

と見ました、見ました。型と家と面積の規定と、「塾」という言葉のみ。英語とか、数学とか決めてない。

「ほら、塾の内容は決めてないでしょう？　私たちのは農耕塾です」

「えっ？　ああそういうのははじめて聞いたなぁ……」

と隣の主任さんとごそごそ話していて、ニヤリと笑って、「農耕塾」に『確認』の印を押してくれた。

看板には「星の村」の木板をかけて十分通用した。

たわわに実るトマト、キュウリ、ナス、十種類以上の作物が近隣の人々に喜ばれた。有機農法、無農薬のはしりをいった。みんなで市役所まで売りに行った。

雨の日は、袋づくりで忙しかったね。新聞紙の袋がいっぱい出来たね。みんなはたくましい農民になっていった。

砂漠のなかを開拓して、走りまわり、今日となった、としか言いようがない。

私は障がい児・者の方々と何十年もともに歩いているうちに、この方たちの底知れぬ人間性、この子らの魅力の虜になって、ズブズブとこのなかを歩いていた。一人一人の心と身体・いのちに気づかせてくれた。

全力をあげた分、何倍もの勇気とやさしさをもらい、それが私の人生の肥やしにもなったのだ。いい人生だったなぁ……。

ありがとう、それを言うのが精一杯。このお礼しかできないでいる。

6 あなたたちの好きな歌

家で聴くレコード集めに精を出していたころがある。「ね、しかしあのカラオケっていうのには、はまらないわよ」などなど話して過ごしていた。

議員活動のおり、四十人中、三十七、八人はカラオケをお好みのようで、県外視察のあと夕食会では必ずカラオケが始まる。かつて女性議員が少ないころは、芸者さんを呼んでいた、とか聞いていたが、女がこわいからか？　君子豹変したのか、カラオケブームなのかなぁ。私は歌わないし、食前の魅力的なビールもいっさい飲まないことに徹した二十四年目、それこそ自分をホメテあげたいと思う議員活動最後の視察のときであった。

皆さんは、一杯でよいご機嫌。そうしたら、私に話がまわってきて、「ね、西條さんのカラオケ聞いて締めくくりたいね。引退記念に。さ、委員長、一曲」とみんなご機嫌の手拍子で、「歌え、歌え」と促されてしまった。当時、私は文教委員長。逆らったって仕方がない。皆さんせっかくいい気分なのに、こわさないようにしよう。さて、何がいいかしら……。

「じゃ、歌います」

「ウォー!!」

パチパチパチ「いいぞー」とか。

「あなた方の大好きな歌、はーい、伴奏お願いします」

「曲は……」と仲居さんにうながされて、

「『君が代』で～す」

「ウハハハ……、もういいよ、アッハッハ、伴奏ないよ」

と大笑い、ほとんど保守系で憲法改正派なのにね。

何を歌うか、とっさに思いついたのが、この「君が代」。

四十二歳から六十六歳まで二十四年間の締めくくりの「君が代」なのに、保守系が

「もういいよ」で締めくくるなんて、残念ね。「ああ、おもしろかった」って。

その後、友人にその話をしては大笑い。そのとき、心のなかに深い何かがあったんじゃないの？　とよく聞かれる。

私自身の性格はいともあっさりしているから、テーマについて論じるときは意を尽くして説得する。しかし、どこの議会でも無党派は一人か二人。約四十人の議員構成のなかでは、保守系、労働組合的集団の立場が多く、多数決が民主主義の原点なので、あらゆる例を引き合いに出して論じても、採決では無党派は大負けである。

しかし、人に課題を投げかけていくことは大切で、終わったらニランだり、あとでブーブー言ったりしないのが私の信条。

「カラオケ・君が代」とは、人が思うほど深い理由はなく、歌に困ってサッと出たものだ。

初めて歌うのが「カラオケ・君が代」なんて、私こそ、愛国心の強い人間ではないのではないか……。

こうして、この話は歴史的語り草となったのである。

7 パートナーの犬とホームに入る方法

いろいろな人からのきりない電話で、かつての長い間の習慣が首をもたげて、ご相談に乗りだしてしまう。その話の一つ。

「犬をいっしょにつれて入れてくださるホームがないのですよ」ということ。

「ね、犬と言わないで、パートナーといっしょに、とおっしゃったら」と言うと、

「二人いっしょだと一・五人分の入居金を払うようになるでしょう」

「いいじゃないですか。大切なパートナーのためなら。山田ミネコと山田フー太郎、と犬の名も書けばいいでしょう」

後日、山田さんから「Fホームに入りました。フー太郎もいっしょです」と報告があった。

ホームから、はじめは「あら、犬でしたの?」と驚かれたが、当人は「入居金も全部支払ったし、ここのパンフレットに犬・猫おことわり、とは書いてありませんし、喜んで参りました。よろしく、とケロリとしてました。西條さん、事は考えすぎないで、堂々とやりなさいとおっしゃったけど、要は人間の分を払えば、あとは犬の共益費ていどを払えばいいのですもの。ありがとう」と感謝され、私も嬉しくなった。

フー太郎、よかったね！　と何回も机の前で独り言を言った。嬉しい夜だった。

若い人でもそうだけれど、歳をとるととくに何かしようとすると「だめかもー」と取り越し苦労をして、かえって自分を追い込んでいく。こんなバカな話って日本だけよ、歳を重ねるほど、知恵袋がいっぱいになるはずなのに、使わなければ損をするのでは、と、私は仲間によくその話をする。

「歳だから」と言われると、「なにー！　ばかー」とか、言っちゃうけれど、それは本当なのである。

物を持つ力や行動力は落ちてくる。これは当たり前のことであって、これが即、精神も歳をとるのではたまったものではないな。

フー太郎のことで、私の伝授した半分本気、半分いたずら、でも大事な主張がとおった。大切なパートナーは絶対離してはならない。

身しょう者、高齢者施設にしても、こよなく愛し暮らしたパートナーと別れて入居生活しなければならなくなることが多い。

案として、ドッグシッターとの契約などをしたり、共益費は犬の分も支払うシステムをとれば、パートナーを見捨てて入居なんて考えなくてもいいのにね。

ドイツの病院では、犬用の家もついていて、シッターの管理下にあり、ペット室に一日数時間、会いに行けるシステムをとっ

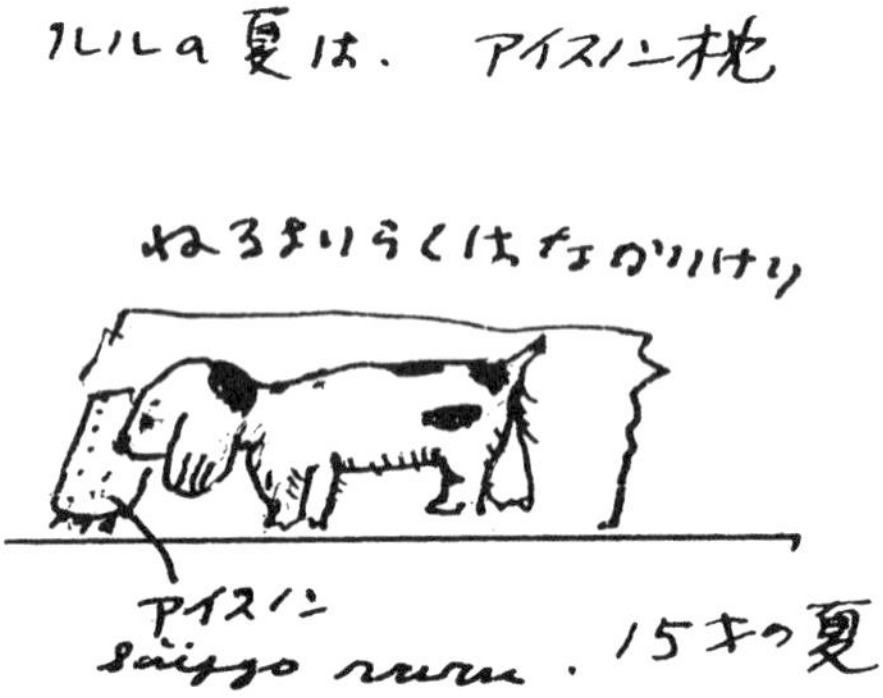
ルルの夏は、アイスノン枕
ねるよりらくはなかりけり
アイスノン
15才の夏

ているところがあると聞く。病気の回復を早めることと、末期癌の方々の心の癒やしには欠かせないパートナーの毎日の訪問。

日本っていじわるなのかしら。それともまだ、「犬畜生」としてしか思っていないのかしら。

私の足の下で、パートナーのルルはのびのびと寝ている。ただいま十五歳。人間でいえば八十余歳。私と同じ歳。

パートナーのほうが先に逝くだろう。しっかり可愛がるぞー、と言っているうちに、私はいつの間にか〈ばあや〉のようにルルにこきつかわれ、「ワン！」と命令されている自分がおかしい。喜びとおかしさと、こんな素直ないのちと同居できることを当たり前にしたら？

もし、「犬といっしょでは入れない」とホームに言われたら、「人でなし！」とデモをかけてやりたい。

8
お料理づくりは心の安定剤

見かけによらないことが世の中にたくさんある。

その一つが「節子の料理好き」。私、お料理大好き人間なのだ、と言うと、「えっ？本当!?」と知らない人は、まず「冗談、言わないで」と申される。

お料理って言っても、家庭版、つまり季節のお野菜をつかった素朴な料理なのである。スーパーでもデパートでも売っている素材を見事に活かしてみせるぞー。

サッとがま口を持って、近くのスーパーへ行きながら、何を作るか考えるのである。安くて栄養があって、喜ばれるもの？　いいえ、違うのです。自分の食べたいものを調理すること。そうでなくては作る意味がない。その理由は——。

いくら能天気な私でも、少々むしゃくしゃする場面がある。これという原因のない不機嫌なときがある。そのときは一人で料理に励むのである。

私だけのかくし味のニンニク焼きめし。ちょっと収入があったら、牛肉を五百グラム×二個くらい、コールドビーフにする。もっと凝るときは、ビーフシチューを大鍋いっぱい作ると、スーッとするのである。

調理場で一人きりで包丁一本とまな板に向かって、トントン切ったり、数々のスパイスの様子をみたり、味加減を舌で試したり。まあ、いろいろ作る。

「そんなに食べるの？」と聞かれ、

「いいえ、私は食べないの」と話すと、「おかしな人」と友達に笑われる。

作る・創る、一人だけで……。それが楽しいのであって、食べるのが目的とはちょっと違う。

じゃあ、できたお料理はどうするの？

「食べたーい」という友人に食べてもらって喜んでもらう。

「それだけに時間をかけるの？」

「うん！」

「奇妙な人」と言う人のほうがおかしいのであって、素材を探し、洗ったり、なでたり、切ったり、焼いたり、コトコトコトコト煮る音のリズムを聞き、ときおり味の調整をする。そのなかで、ポーッとして、好きな濃いお茶を一人でいただく。

ポーッとして、それでむしゃくしゃが収まるのか？ と問われれば、ガスの火をつけている緊張感や、味加減をみるおもしろさ、調理後のまな板をごしごし洗って、すべて水に流し、一人で火と水と味に集中するだけ。

野菜と肉の合奏が二時間あまり。楽しい創造のときを得た幸せ感で、心のなかに栄養がいっぱいたまっていく。ときに、そんなことをして私の心を調整していく。

私には時間があるから、とくにゆっくり煮ることでハスの美味しさを倍増したり、庭のフキをとって、茹でて、お仲間としゃべりながら皮をむいて、しっとりと煮るとか。火と材料と水と調味料、それだけに集中すると心が安定する。精神安定剤になっているらしい。薬はいらない。

モダンとはいえないけれど、先祖を通して、母や姉から伝わったものが、七十歳になって生きてくる。価値が出てくる。

セクション2
元気印のスパイス

注意していることは、火を使うときは、丸椅子を持ってきて、火から離れないことだけ。これさえ守ればね、という具合。心の癒やしのひとつでもある。一人で作る、一人だけで作ることを強調しておこう。

夕食に一品、そーっと添える。「おいしい！」と十人中、私を含めて二、三人が声を出してくれる。それで満足。私が作った料理をCOCO湘南台でいっしょに暮らす十人に喜んでもらって、自分も喜んで元気を作り、もらっている。

作った料理を仲間のほかに喜んでくれる人は、第二の人生で忙しく社会活動をしている人々。その人たちへの栄養源になるのだから、彼女・彼らへの応援をして楽しむのも嬉しいこと。

「お金がかかるでしょう」と聞かれるけれど、一つの創造で得た心の安らぎには代えられない支出である。医療費よりかからないかも。

そして同じ料理でも、一度として同じ味になることはないおもしろさ。この一日が、明日の心のエネルギーになっていく。

試しにおやりになってごらん！

＊セクション３＊

人生の引き出しを開けよう

折々、お正月
趣味で　舞い訪問をしていた
ししも年とったかな、静〜かな　舞いになった。

1

生まれて初めての私の個室

湘南台という、街のやや郊外、敷地に面した道路幅が六メートル、近くに梨畑や小さな畑、公園、中央図書館に徒歩五分、まるで私の書庫を抱えている感じを抱きながら暮らしている。また無精な私にうってつけの美容院が歩いて三分。そこの美容師はみんな男性……、など、まんざらでもない住居環境である。これは偶然なのかもしれない。

何が嬉しい？　と言われれば、生まれて初めて、私、私だけの部屋二十五平米（十五畳）を私が自由に使えること。そしてトイレは私専用なので、かってのように姉たちに「まだー」などと待つ我慢もいらない。待たされる心忙しさもない。

冷暖房をつけようがつけまいが、人に気兼ねはなく、ただ電気代を自分が支払えばいい。適度にしか節約もしないことにした。

犬のルルをパートナーとしているから、少しスペースは彼女に譲るとして、彼女は口が硬いから、私が何をしていようが告げ口しない。可愛く私の心の癒やしになってくれる。

おせっかいはお互いにしないし、まあ、何よりも「個人」「ひとり」「私の自由」を持てたのは、生まれて七十年目の春、十七軒目の家であった。バンザーイ。

人生七十年目でやっと独りの部屋と自由を持ったのだった。

そうそう、子どものころは、四人姉妹の一人は結婚して別居していたから、夏は三人で一つの蚊帳のなかで眠った。稲光のときは姉たちの布団にもぐりこんで助けを求めたり、それはまた、楽しく心強い共有の場でもあった。

三人共用の部屋なので、下の姉がときに「お母さん、いくら片づけても節ちゃんが泥をつけて入ってくるのー」とか、「私の道具の上に洋服を脱ぎ捨てるのー」とか、言っていた。

母は、「片づけてやりなさい」としか言わないで笑っていた。そんな生活も当たり前と思っていた。結婚している長女と末っ子の私とは二十歳も離れているので、次・三・

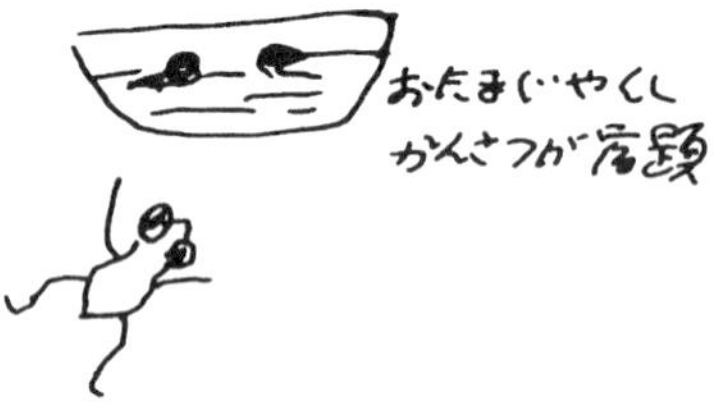

して、六畳間を三人で共有していたのは自然だった。

「ね、節ちゃんにお願い。おたまじゃくしの小さいバケツだけは部屋に入れないで」

「だって、先生がいつ尻尾がなくなって足と手が出るか観察してくるように言ったから」と寝るときも枕元に置いたら、手と足が出てカエルになって飛び出してきたから、姉たちは大騒ぎをした。みんなで布団の上でつかまえて、大きいバケツに入れ直した。あとで大笑い。

そういう生活から長じて独立宣言をしたときも、一人の姉が心配してついて来て、いつもいっしょの相部屋。日常生活なんてこんなもの、とそれほど気にも留めなかった。

社会人になって、一人で山歩きを始めた。土曜・日曜にかけてである。山小屋も人でごったがえし、だけど同じテー

マで山頂の小屋に集った仲間は、いつのまにか同じ流れの群れになっていた。そしてだんだんファッション登山者がひしめいてきたから、ヤーメタ。

「人間って群れで生きるのか――」などなどと、人生を体験しながら、七十歳でたどり着いたのが、十人で住むグループリビングCOCO湘南台。私の部屋が持てた!!

やったー、やったー。そして、決して独りぼっちではない。お隣の個室に牧さんがいて、またその隣に大野さんがいて……。

嬉しいなぁ、大事に暮らそう。自分もお隣さんも大事にしあおう。私の部屋、思いがけぬ幸運に喜ぶ日々である。

これこそ第三の人生、いままで活動し、病気も克服したし、二十五歳で障がい者になったのも乗り越えた。そのご褒美。いま住むCOCO湘南台は一五〇坪の大邸宅。そこに暮らして、私の部屋があって干渉もされないけれど、木造なので、生活音はほどよく聞こえてくる安心感がもてる。こんな生活を大事に、楽しく、いたずらして暮らしていこう。

うん？　いつまでもさ、百歳まで生きそうよ！

2 家より大事な財産

かつて、〈家つき、カーつき、婆《ババア》抜き〉が結婚、つまり嫁さんにいく条件のようにいった時代もあった。

日本人は結婚すると、自分の所有物、財産として、どんな小さな家でも持ちたがった。家の一軒も持てない亭主は甲斐性がないと思われたりしたこともあるし、各種組合的結社は、ローンや融資をして持ち家制度をすすめた。

私も学校勤務のころ、退職金を担保に長期低金利で資金を借りて、家を持つことを先輩にすすめられることが多かった。けれど、「物は持たない、お金があったら旅をしなさい、好きな借家に移動して、いろいろな環境を自由に使いなさい」、これが我が家の家訓、とまでは言わないけれど……。

養父も、「本を読む力があるときは本を買い、とにかく、小さな日本から外を見なさい、歩きなさい、それはいつか心を動かす宝になる」ともいった。

ある友はいった。「とにかく一軒、財産として家を持つか、アパートを建てるか。大事よー」と。

私は、日本の山を歩き、旅や海外研修を追いかけるので、家を持つ余裕もなく、借金する勇気もなかった。だから誰に何といわれようとも馬の耳に念仏。最初の海外調査のブラジル四十日間の旅費は、支給された滞在費では到底まかなえない。しかし幸いなことに、学校の退職金一四〇万円の現金が、この旅を支えてくれたことも、今思えば四十歳代の稀にみる経験であった。アメリカを皮切りに、ブラジル、アルゼンチン、北欧、ハワイなど二十七か国（詳細は『福祉の食卓』瑞木《みづき》書房、を参照）になった。

日本を出て世界を歩く・学ぶ旅は、異なる人々と交流の道を開いてくれた。そのときに出逢った人たちが世界中にいて、今の私の財産でもある。

旅は、多くても一回に二か国以上は訪ねない。一回十四日くらいの日程を組み、ホテルは原則、連泊。鉄道がある国は、鉄道で移動し、できるだけ街の生活がわかるように工夫した。

そしてそれらの経験をもとに市議活動をすすめた。ノーマライゼーションのまちづくりに走り回る日々となった。

▼市議会議員選挙時の公約
人間が人間らしくおたがいに助け合って、対等・平等に生きてゆける社会をつくる努力の輪を広め力強く活動します。

たとえ小さな声でも市政に反映させ、今までの積みあげを充実させ前進させるよう頑張ります。

さいじょうせつこ

あらゆる障がい者のなかにいて、行政から区別され、社会から差別される方々や家族と手をつなぎはじめた。

各種の問題が起きる原因、生活、社会、などなどを学ぶ旅に、必要な旅費がたまると出かけていった。

私は右足が不自由。年々、長時間飛行は困難になり、エコノミーからビジネスクラスを選択するようになった。旅の費用は二倍となってしまったが、疲れてはいい学習ができないので、ママヨッと財布をはたいて旅に出た。

一回の旅で平均一四〇万円として、三七〇〇万余円。ウンなるほど家を建てる分、いい旅を経験し、それが生きた辞書として大いに役立った。

母や養父がいつも口にしていたこと。意欲があるとき惜しまず本を読み、海外を歩きまわって学び、そのたびに一人友をつくり、一つ料理の作り方を覚えてくるなどは、さらにいい。加齢してもモノはお金があれば買える。しかし、旅や経験は加齢したら求めることはしんどいことになる。

ホントー。

悔いなき人生、悔いなき加齢って、このことなのだ。

3 知恵袋で共生しよう

ＣＯＣＯ湘南台に住みはじめて三年間は、大騒動の連続。ゴミ、風呂、食事などなどお互いの十人十色の性格・個性が気になっていた。ゴミの出し方、共同トイレもあるからトイレの洗い方が汚いとか、ビン・缶と分けてない！　手伝わないとか……。そういうことは悪平等ということの意味が三年でわかり、マスターした。仕事も役割もすべて十分の一に担うシステムをつくるのは悪平等とわかったのだ。三年を過ぎたころ、みんな違って当たり前、と悟った。知恵のある人は知恵を貸し、力持ちはそれで協力。

みんな四年目で生活をマスターし、共生らしい姿がはじまると、我慢していた自分の価値観（個性）は素晴らしいもので、自分は間違っていないハズ！　とその披露が始まる。自分では意識していないのに相手に強制してしまうことが出てくる時期もあった。

五年目。卒業式。みんな一人一人正直でいい人だ。個人の生活がうまくなり、共生もうまくいく。自分の第三の人生づくりに励みはじめた。

十人の暮らしの夕食はにぎわうことにぎわうこと。

明治生まれ、大正生まれ、昭和の私たちも、世代の異なる、また生い立ちもすべて違う人々とともに暮らすわけだからおもしろい。これこそ生涯学習であると思え！

その昔の公爵、伯爵、男爵とかとのつき合いの話を自慢げに聞かせてくれる先輩もある。昭和生まれの私たちはわからないわけではないが、話が続くと、つい私が「ねぇ、私、ヒシャクなんだけど」。それでも続くと、「癇癪《かんしゃく》という〈爵位〉なんだけど……」。

ウハハハ……、とみんな〈爵位〉を言い出して、「私はじゃが男爵」とかいろいろ考え出してお互い笑って吹き飛ばす。

ライフサポーターが平均一・五人いて、家の管理、急病の支援、重い物を運ぶことなどと、医療・介護、その他のネットワークをすみやかに運用してもらう。私たち生活者で支出している労働費でのパート雇用とボランティアの方が草取りなどもしてくださる。けれど、余計なことには手を出さず、個人の家、つまり個室には必要以外は入らない。

新聞や郵便は、アトリエの自分のポストに取りにいく。食事は二階、お風呂は一階というふうに、加齢して外に出るのがだんだん少なくなるときのことを考えて、一五〇坪の大きな家を郵便、新聞取りなどで歩きまわることが多い。

それを健康法の一つとして、ゆっくりでもよく動くし、動いて廊下で人とすれちがうことが楽しみ。そして個室で足を投げ出そうが、お茶を飲もうが自由。締めくくりの夜は二〜三人での入浴。風邪でもひいていなければ、ポツンと独りで孤立するなんてことは考えられない。このリズムにのれば、こんな愉快な健康的生活はないだろうと思っているのがここの生活者十人である。

〝金持ちより人持ち〟と、どなたかがおっしゃったけれど、そうだ！　私は若い友人が多いことがいちばん嬉しいことだと、今八十二歳を若い人と同じように謳歌している。

若い方々の悩みは、知恵袋の高齢者に聞くとたちどころに解決することがわかったらしく、若い人たちからの相談も多い。

へー、歳を重ねるって役に立つんだねー。金はなくても知恵袋、力はなくても優しい袋で包んであげられる。う〜ん、これもいいもんだなぁ。

4　住みなれた我が家で最期まで

一九九九年に開設したＣＯＣＯ湘南台。二〇〇四年三月一日に一人の女性を送る。約四年間の闘病（途中二回の短期入院）だった。生活支援のネットワーク（介護・訪問看護・往診・食事づくりなど）の各々の若い（中年も）人々の静かな出入りがみんなの心を支えていた。

〈我が家でこういうことができるのか〉と生活者九人のみなさんは、模様眺めをしながら、つい自分に置きかえて、安心を担保していたと思う。

それから数年。

二〇〇九年、三人を送った。病気によりけりで、必ずしも我が家でできることばかりではない。本人の意志と、病気の種類にもよる。しかし終わっても、すぐＣＯＣＯに帰

れる、迎え入れてくれる……、と心は安定していたように見られた。

有吉さんが生涯を閉じられたとき、またたく間に病院から連れて帰った。まだ身体はあたたかかった。夜半だったけれど、みんなが「お帰りなさーい」と無言の仲間を迎えていた。

犬のルルも落ち着かないので、そばに連れていったら、有吉さんの顔をなめつくしていた。みなさんが「有ちゃん、喜んでるわよ〜、ルル」と、声をかけ、その夜、私たちが静かに眠ったのは翌朝二時だった。

私はオランダ総領事の夫人だった有吉さんから、つねに「節子さーん、私が終わるとき抱いてね。アンブラッセ（抱擁）してね」という願いを聞いていた。いつも病院にお見舞いのとき、看護師さんに気づかれぬよう、私はそっと、日本酒を小瓶に入れて持っていったな。

「ウフッ……、おいしい」

「ヒミツ……、ヒミツ……」

と二人の眼と眼があってニッコリした。

退院してＣＯＣＯ湘南台に帰られて、ターミナルに入ろうとする直前、病院で肩と腕を骨折されてしまった。思いがけず死期を早めた。

夜十時三十分、病院からの電話で、最上眞理子さん（ＮＰＯ法人ＣＯＣＯ湘南理事長）とお連れ合いの車でかけつけ、有吉さんを抱き上げて、

「有ちゃん、いつも励ましてくださってありがとう」と言うと、やっとにっこり笑って、「うん！」。

目元がほころんで、うなずいて終わられた九十三歳。着替えて、すぐＣＯＣＯにお連れした。

そのような運びは、亡くなった各人の日頃の冗談半分、また本気に望んでいらっしゃる選択肢がわかっていたから、それに添ったと思う。そんなこんなで折々夕食どきににぎやかに、自分だったらこうしたい……、と笑って話せるようになったとき、これからの一日一日を大切に守りあおうとなっていった。安心を担保したときかも。

そのときのちょっとした会話の一端。

「あたしは浄土真宗だけど、知らない坊さんにお経をあげてもらって、戒名なんてつ

けられるのはいやだから、本名で誰か拝んでくれればイイヨ」

「本当？」

「化けて出ないでよ」「ウハハハ……」という具合で、それぞれ平気。

ある方は「お金をかけるの、もったいないから棺は段ボールでいいわ」

「そう……、じゃー一週間前に言ってね、準備に時間がかかるから」トカ。笑った笑った。大笑い。

自分の終末を決めて、さっぱりして安心して暮らしていける。

5
終の「棲み家」なんて！

新聞広告や雑誌にも、加齢してから暮らすホームのことを「終《つい》の棲《す》み家《か》」と見出しに出す。この言葉はよしませんか。良きにつけ悪しきにつけ、いい感じではない。

「終の棲み家」は死ぬところ？　いいえ、ここからボーイフレンドと住み替えてもいい。ただ、第三の安住の地、家の心配をもうしないでいい家ではある。だから思い切り自分自身の第三の人生を歩きはじめましょうよ。この言葉、誰が言い出したのか？　それは第四次元の世界で天国か、はたまた霊の世界でしょう。それもまた楽しみですねぇ。なんて余裕のある楽しい加齢期がＣＯＣＯ湘南台にはある。

「棲み家」って言葉は動物的嗅覚・動物臭がしませんか？　もちろん人間だって動物の一種だけれど……。モグラや冬ごもりするクマと人間をいっしょにされたような気がする。

「これがまあ　終の栖か　雪五尺」

小林一茶が詠んだ句にそんなのがあって、一茶は悟りをひらいた方でしょうが、私なんぞはまだ生々しい人間だから、この句では侘びしい心になってしまう。でも「栖」の字が違うだけで、やっぱり一茶は粋なとらえ方をしているのでは、とうなずける。

しかし老人ホームの名称に「終の棲家」はやめてほしい。人間の心を追い込むような表現！　これが日本？　人権国家は老人の家を「輝く家」というところが多いのです。

人それぞれ、産まれる場を選択して産まれてきたわけではなくても、見事に生き抜いて、やっと得た第三の人生は、いぶし銀のように輝いているはず。貧富の差もなく、地位の差もなく、人間としてやっと得た余暇——第三の人生なのでしょうに。

終の棲家、○○ホーム、やさしい介護人がお待ち致しております、なぁーんて宣伝にのって、見かけは素敵な鉄筋コンクリートの箱に入っていく？　私たちは一人ひとりの人間なのだ。商品と間違えないでほしい。地域の人ではなく、ただの箱のなかの人になっていく、そんな姿を私は見たくはない。

6 いくつになっても恋の話を

我が家は二七〇坪の敷地に木造二階建て、建築面積一五〇坪の大きな家である。庭も広く、井戸もある。ここに十人と犬一匹が暮らし、四季折々にぎやかな暮らしを楽しませてくれる。

小鳥、カラス、猫のノラちゃん、メダカ、青虫、モグラ、時にはヘビものうのうと横切って、お隣の庭へモグラさがしにいくのだろう。そして、みんなで鈴虫も飼育していて三年目になる。

夏になると品のよい鈴虫が寝床から復活してくる。昨年はいつもより少し数が少なかったけれど、一人前の姿で、容器のなかでウジャウジャと動いている。

八月に入って、メスとオスの識別ができるようになり、容器に小さなよしず張りと、植木鉢のかけらなどでかくれ家をつくって移す。尾に針のように長いのが三本ついたのがメス、二本がオス。人間とは違うから、相性なんてわからない。一軒の住まいに十匹くらいずつ入れる。四つのケースにうまく分けた。もちろんオスを多くしないと恋をしてくれない。

やっと鈴虫は涼しげにメスに恋をはじめて、羽根を広げ、リーンリーン、リーンリーンと競争がはじまった。恋をささやくせつない音も心地よく聞くのは私たち。

だって、オスはメスに自分の音を聞かせて競い、呼びよせて交配するのであっ

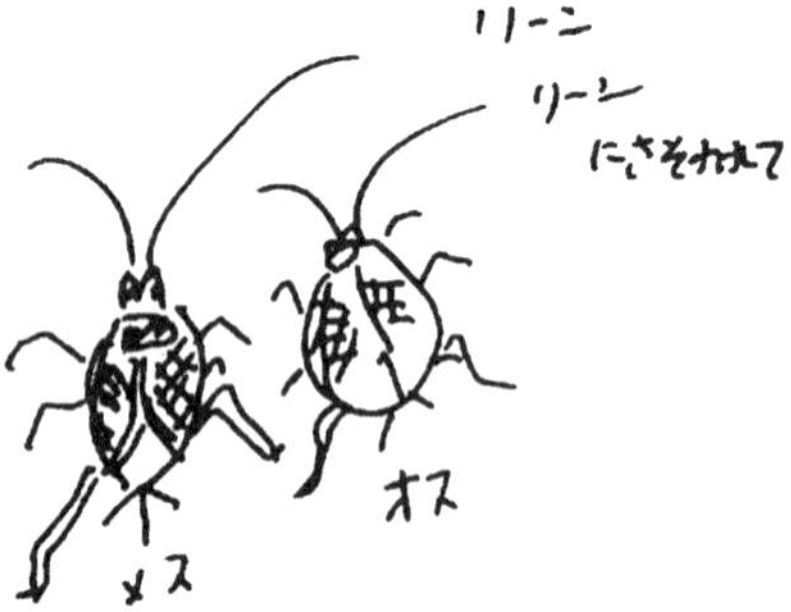

て、雌雄が同じ数かメスが多くてはハーレムになって、オスは鳴く必要はないのである。そんな推測をし、恋の理屈を述べるのは私である。

夏の夕べ、競いあうリーンリーンリーンという音。ホントにメスは寄っていくのかなー、とお風呂上がりのパジャマ姿でジーッと鳴く数を数え、メスの行動を眺めてみる。たいした変化はない。「公衆の前だからネー」といって部屋に帰る。高山さんだっていっしよに見ていたくせに「西條さん、それのぞき趣味っていうのよ」だって。私は素直に「ウンそうかもねー」。

いっこうにメスがよりつかないオスに同情しつつ、部屋に戻る。

翌日の夕食、「寿命が終わり近くになるとネー、メスがオスを食べて栄養源をつくってネー、土の中に卵を産むのよ」「へー」といっているうち、男性の一人が「おりゃ、女に食われるのなんていやだー」といって大笑い。

さらに、高山さん「そんな骨ばった男なんか食べないわよ」「ああ、人間でよかった」「ウン、カマキリもそうだって」「ウワーいやだー」とか「男冥利につきるのかしら」とか。「メスがオスを食べるのね。かわいそう……」。

のりにのって平然と大声を出すのは、あら不思議。独身の私以下数人であった。それが笑い話になろうとは思わなかったけど、自然だったなあ……。

いつも私と高山さんと度がすぎると、「コラ！」とやさしい白鷺のような独身女性の声で一件落着。私が「でもさ、コラ！　といいながら少し顔が赤かったみたい！」「ワルノリー!!」

鈴虫を繁殖させて三年目なので、少し鈴虫を他の方と交換しないと、近親交配になるなぁ、と独り言を言いながら部屋に戻ろうとしたら、高山さんが「あら、西條さん、そんなことまで知っているの？」と独身の私をからかっている。

女と男のつきぬ夜話は終わった。いくつになっても恋の話はおもしろい。みんなを元気にさせる話題なのだ。

そう思いませんか？

7 高年別居のススメ

ＣＯＣＯ湘南台の見学会でのこと。

「ね、あなた、連れ合いと三十五年暮らして、飽きない？」「えっ、どうしてですか。食べさせてもらっているから仕方がないでしょう。それに子どもの結婚式も揃って出てやりたいし」

ホホー、料理を作り、食べさせるのは誰？　いや、なにも今さらケンカしろっていってるんじゃないのよ。「飽きない？」と聞きたかったのだ。くどいけど。

「うーんねー、仕方ないじゃない」「そ、それを聞きたかったの」

じつは、そのこともあってＮＰＯ法人ＣＯＣＯ湘南は高齢者グループリビングを距離五キロ、十キロ範囲で三つ開設したのは正解だった。というのは、たとえば男（夫）が

「湘南台」、女（妻）が「たかくら」と別々に暮らす方法もあっていいと思う。若いころのように、気が向いたらデートをしたり、ともに食事をしたり、お互いの部屋を行き来すればいい。ずっといっしょに暮らしてきたのだから、少し離れてみるのもいいのではないか。そんな話を私は見学の方に冗談半分、本気で話すと、男女みなさん、「ヤッター」という顔つきにかわるではないの。

「どうして独身の人のほうが理解が早いのかしら」というと大笑いされてしまう。

「じゃ若いときは？」なんて、まだ未婚らしい学生の質問。「あっ、何を考えているのー、お隣同士のアパートを借りて暮らせばいいじゃない」と答える。

「そうかー」という表情の人もあれば、「西條さんは結婚していないからいうのよ」という顔の人も少しはいらっしゃるけど。

雑談となったとき、ある男性がいった。「西條さん、その考えは合理的・理想的ですよねえ、僕は手遅れだけど……」。

まさか見学に来て、こんな話を聞くなんて思いもしなかったことだろう。みんながみんな、それを望むとは思わないが、本音もあるのじゃないか、といつも思っている。

＊セクション4＊

加齢の生活を楽しむ秘訣

湘南メダカの子ども
が生まれた——.
卵からかえったわよ～

1

「おばあちゃん」なんて失礼な!!

生たらこを薄味で煮る。炊きたての御飯にのせて食べる。たまらなく美味しい。時季もあるけれど、いつも気にかけて生たらこをさがしているがなかなか手に入らない。会合の帰り道、Sデパートの地下に寄り道。ここは魚の種類が多いから、よく生たらこをみつけることができる。

や、や、や。美味しそうなオレンジ色の小ぶりの生たらこをみつけた。あったー!よかったー、と二パック求めた。しめて七二〇円。これで朝食がすすむし、どういう味にしようかと、うきうきした。みつけたときの小さな喜びである。

さっそくレジで支払って、いそいそ、テクテクと帰りを急いだ。

「おばあちゃん!」

誰のことを呼んでいるのか、とレジを振り返った。おお、私のことらしい。

「おばあちゃん！　おつり忘れてるよ！」

と二八〇円を渡された。

「アリガトウ」。ムムッとしながら……。

「はぁ〜。ここのデパートは五十代の人でもおばあちゃんとお呼びになるの？」と、

ニヤリと笑った。

「えっ？　あっ、すいません、すいません」

憤然として立つ私に、店長さんまで出てこられて、

「ふつつかな言葉を使ったようで本当に失礼しました……」と平謝りに頭を下げられた。

これでよし……、と引き上げた。

「ウフフフ……」。バスに乗ってニヤニヤ一人笑いしていた。だってさ、日本だけですよ、自分の祖母でもないのに「おばあちゃん」って呼んだりね。みなさん、よく怒らないんだなぁ。不思議な国・ニッポン！

フランスでは四十歳でも、百歳でも「マダム」と呼びますよ！　帰りのバスに二十分くらい揺られながら、そうだ、メキシコでは「セニョーラ」とタコス売りのセニョールに声をかけられたな、友達とふざけて「ノン、セニョリータだ」と言ってからかったことがあったなぁ。

我が家はＣＯＣＯ湘南台、高齢者十人で暮らすグループリビングである。にぎやかな夕食中に報告した。

「ね、聞いて。今日、おばーちゃん！　って呼ばれたのよ！」

「そしたら？」

と、みんないっせいに興味津々であった。何と答えたか？

「ここは五十代でもおばあちゃんとお呼びになるの〜、って言ってやったの」

「ウハハハハ……」「サバの読みすぎよー」「でもさ、そういう呼び方はいけないわよねぇ」

「そしたら、謝られてさ」

「ウヘー、やったわねぇ」「せめて五十九歳とか、六十とか言ったほうがよかったんじ

やない？」

と、その夕食では日本語の使い方とユーモアと、いたずらの話で盛り上がったのは言うまでもない。

なんと私は七十三歳なのである。

「サバの読みすぎよー」は、そのとおりだったな。しかし、私は日本語の曖昧さ、使い方の失礼をちょっと〈いたずら〉したのであった。

みなさん「よ〜し、みんなでやろうよ。サバを読んで、若返ろうねぇ」

おもしろい。

そう、愉快に生きなきゃね、と、もう元気、元気の鼻息の夜であった。

クロ

2
偉大な病歴は人生の誇り

「えっ？　コピーして持って歩いているの？」

私の病歴一覧表「西條節子既往歴」である。Ａ４の紙に一枚分。二十一歳で腸チフスに罹ってから今までの病歴である。これには深いわけがある。

加齢してくると、当然、眼科・歯科・内科・外科とあちこち診療に行く機会が多くなる。インフルエンザ予防接種もあるし、そのさい、提出書類には必ず「既往症を記入してください」というせまーい欄がある。その次は「アレルギーは」とか。アレルギーなんて、私は「人間アレルギー」くらいしかないけれど。その欄に書ききれないので、この紙を添付して提出することにしている。

ちょっと驚く受付は「何？」といぶかり、「わかりました。うわー、こんなにおあり

ですか。付けて先生に出しましょう」。

「ウヘヘ。自慢はこれしかありませんからね」と、ちょっと一言多いかな、というわけである。

過去の病歴をはっきりさせておく必要があるだろう。薬の処方にかかわることだし、病歴を医師の前でめんめんと述べているうち診療時間がなくなり、医師と交流する時間もなくなる。病歴一覧を添付しておけば、医師も私たち患者が訴えたいポイントをよく聞いて、正しい診断の手助けになるのではないだろうか。

病歴が多いからといって嘆くこともない。私のこの病歴は、病いを乗り越えてきた、病気に勝って生きてきた、という勲章のようなものだ。それはどんなりっぱな学歴や職歴よりも誇れるものだ。痛いことも辛いことも確かにあったが、家族にも友人にも言わなかった。もちろん医師には言うが、一生の時間は限られているのだから、病いをえてクヨクヨと嘆く時間はもったいない。友人だってたくさんいて支えてくれる。そして「セッカチ節子」だから気持ちの切替えも早かった。病歴をコピーして持って歩くのは、そういうわけなのだ。安心の担保である一方、めんどくさがり屋の解決法なのである。

3 身体もピンク、心もピンク

「ああ、気持ちいい」と、湯船につかるたびに思わず発する言葉である。「ＣＯＣＯ温泉」と名付けた大浴場は広さ約三平米の湯船で、ゆったり三人は入れる。

入浴事故の多い高齢期、生活者は十人なので、二人か三人で組んでお湯につかると、安心も加算して心地よいことこのうえなしである。この方法をみんなで考え出して、「バスメイト」と名付けた。

風呂場、更衣室ともに床暖房なので、冬でも入浴に抵抗感はない。着替え室には血圧計、体重計、夏は扇風機。日本人の幼いときからの習慣として、おもに夕食後に入浴し、こざっぱりして夜を楽しむ。それをそのまま踏襲して、三六五日毎日の入浴である。

どなたがどなたと入るのかは自然の話のなかで決まる。外出などで一人入浴となると、どなたか誘って二人で入るよう、ごく自然に運んでいる。

時間も七時頃から九時頃まで、三組くらいなので、ゆっくりと湯船につかり、お互いに洗いっこなどはしないし、綿タオル、特殊タオル、あまり洗わない人（それは私）など、いろいろで、ここでもカンショーせず、カンショーしあわず。自分スタイルでゆ〜っくりと、たわいない話題で入浴コミュニケーション。

入浴にも個性がある。食後、何となくその話が出て、高山さん・船橋さん・チェリーさん組がいつも話題になってゲラゲラ笑わせる。

高山さんはやせ型、そこに「チェリーさんが入ってくると、大波のようにお湯が動いて流されちゃうの」「ウハハ……」。

お風呂場で「ウハハ」と大きな笑い声が浴場いっぱいにこだまする。私が首を出して、「あーら、ごめんなさい！　ああ、まだなのね、ごゆっくり。札が〈空き室〉になっていたもので、決して裸を見に来たワケデハ……ある……かも」。

きれいな身体じゃないか。腕のつけ根に水かき（シワ）があるわけでもなくて。

「歳をとってもエッチな人よねぇ」「こらエッチ」「はい、別に、裸を見るつもり……

では……あったかなぁ」。そうに決まっていると皆が認めているらしい。湯船の湯気のなかで、ひときわ美しくって、ピンク色に染まった肌の色。これじゃ気にするはずだね。

「お風呂、終わったわよー」の合図で次の組が出て行く。このときは、廊下は昼の社会から夜の街に移り変わる。女三人寄ればかしましい、とよくいったものだが、日替わりの話は楽しくすすむうち、身体もピンク、心もピンク。

「これだから、私たちって元気なのねー、ウハハ……」

八十二歳の更年期になった私に、後ろから「後始末はいいから早くおやすみなさいね」と声をかけてくれる。「ありがとう！　お先に」。

足が悪い私は、床暖房がついている更衣室にぺったり座り込んで、痛み止めクリームを塗る。もう一人湯船に残った人が出てくるまで時間がかかるから、他人の安全も確かめられるっていう役目にもなるのであった。

　そしてそれぞれ、個室に戻って、その日の締めくくりの和やかな独りタイムを楽しむ。私はパートナー犬・ルルが好きなモーツァルトのCDをかけ、夢心地となるのである。

4 見守られることの大切さ

珍しく秋晴れに恵まれた。よし、今日こそ目指すデパートに出かけよう。いま履いている靴が風化してきた。十年履いたが破れず、足にぴったり合っていて、長歩きにも適している。が、色あせてしまった。

七十歳過ぎて足元を見ると、靴の革とともに自分もくたびれたような感じがしてくる。幼いとき、ピカピカの靴を買ってもらって、嬉しくてスキップして家路について、畳の上で履いて笑われたことを思い出した。

靴とは縁の切れない女である。その理由の主なものは、十五の春は戦時下で、履き物の選択肢はなかった。また二十五歳で右脚の機能の一部を失ってから、自分に合った靴探しをしていて、靴とは縁が切れない宿命となった。それから五十年近くたつと、悪いほうの右脚のサイズが二二センチと小さくなってきた。健全な左脚のサイズは二三・五センチ。左脚がよく働いてくれるので二三から二三・五へとたくましくなる。

靴を買うとなると、サイズに困る。しかし、二足求めるのも惜しいし、そんな金銭的余裕なんて考えもしないから、二三・五の左脚に合わせて求める。それは、一つの理由としても、このハンディキャップのおかげで、靴、靴、靴、縁が切れそうもない。探し求めても、うまく歩けるようにピタリと定着するのは三足に一足の割合なのである。

理屈はさてにして、靴の店で物色していた。そのとき、店員さんが、

「何色のお靴をお求めですか?」

「できればグリーンなのです」

「ただいま、グリーンはございませんねぇ。これなどいかがですか?」

と、差し出してくれた靴は、ベージュの幅広いベルトで止める、リハビリ用の型のもの

だった。

「いや〜。これはちょっとひどいなぁ」と言ったら、

「失礼ですが、おいくつですか？」

「靴に年齢があるの〜？」

店員さんは、シマッタ！　という表情。

「どうして歳をとると、ペッタンコで、ゴムが横についていて、つまりリハビリシューズを履かなければいけないの？」とまた私は皮肉ともつかず、いたずらした。しかし、これは主権者の主張だー。

そのコーナーはさっさと去って、次のコーナーに移った。

「どのようなものをお探しですか？」

「いま履いているのは、ここで求めたもので、十年以上になるのですよ」

と言ったら、「ありがとうございます」と心地よい返事をしながら、「このあたりのコーナーがやわらかい靴底になっています」と案内して、静かに見守ってくれている。

「なんでしたら、いろいろお履きになって歩いてごらんくださって結構ですよ」とまったく反応が違う。きっとベテランの店員さんなのだろう。

「あっ、あった。これちょっと履いてみていい？」

店員さんは、椅子と靴ベラ、そしてその前に足用の鏡を用意してくれた。茶でもない、ワインカラーでもない、今、私が持っていない色で、落ちついていて、しかも若々しいし、履きよい。歩いてみた。

それから値札を見た。三万円？　いいか、がんばれ、節子！　これで楽しく歩けるのですよ。自分のお金は自分に使いなさい、と言っている私じゃなーい。さっそく求めて、箱はいらないからと断り、その靴を履いて古い靴も包んでもらって帰途についた。

人間の心理って、静かな見守りに弱いものだ。加齢して体力も落ちてくると、人に頼りたくもなるが、余計なことを言われるとプライドが傷つくこともある。それが素直な実感。

頼っていたくない自分がいるが、見守られることに慣れていくこと、素直になったほうが楽になることもある。そんなことを感じて、なんだか嬉しいもんだ。

5 不思議な心の更年（高年）期

銀色に輝く白い髪。美しいなー。まだらに白いのが見えて白樺の林みたいでいいな。当の私はやっと前髪にうっすらと白いのが見えてきた。大事にしようと髪をとかすたびに、白い前髪を横にすーっと出して、フフンと満足しているのであった。

しかし、これは遺伝・家系だから仕方ないさ、と素直に受け継ごうとニヤニヤしている以外にすべはない。

白髪の婦人がヘアーダイとか言って、髪の毛を染める方も多いと聞くし、私のまわりにもいらっしゃる。とてもたいへんな苦労、時間、費用であろうと同情している。

私は前髪に三十本くらい、耳の横に各十本くらいしか白いのがない。

悔やむことはないのだけれど――。

ある日、混雑した電車に乗って東京へ向かった。人のなかで揺られての一時間は少々辛い。勤務している人の退庁・退社時間をはずせばいいのだな、と思っているとき、青年が私の隣の方にトントンと合図して、「どうぞお席におかけください。替わりましょう」と声をかけられた。

この手のことは二度三度ではないので、深く考え、観察してみることにした。そしてこのパズルは難なく解けたのだった。

白髪の婦人は席を譲ってもらえるのかー。私よりはるかに若そうだけれどねー。

しかし、私は負けた。だって赤い洋服を着て、ショルダーバッグを肩に掛けて、一目では後期高齢者の税を払わせられているとは見えないのだから。と、一人ニヤニヤ笑いながらホームに降りた。

待ち構えていた姪が、「叔母ちゃん、一人でこられたの? 無事でよかったー。疲れたでしょう」と、さっと荷物をもぎ取るように抱えてくれた。

ああ、ここでやっと高齢者と認められた。妙な安堵であった。

そのあと思い出した。私も若いとき、駅に母の友人を迎えに行った。

小母さんは白髪の婦人で、大きな荷物を担いでいた。「お荷物を持ちましょう」と言ったら、「おおきに……。ところで、あんた誰や？」「末っ子の節子です」「はあ……。そんな子いたんかいなー」と私を見上げて、「そやそや、七歳のころ、会ったもんなー。よう大きくなったわい。ヤレヤレ。助かったー。けど、しもたなぁ。包みのなかに、あんたのおみやげ、入っとらんよ」。

小母さんは、京染め屋さんの女主人。きっと三人の姉たちに反物をと担いできたのだろう。

「えらいこっちゃ、節子ちゃんとやら。あんたの着物、持ってこんかった。えらいこっちゃけどおおきにね」とケロリとしてさっぱりと荷物を私に渡し、セコセコ早足で歩いて十五分、私より足が速いこと。

玄関に入って、「つやさん（母の名）、女の子っていいもんやなあ。駅で駆け寄って荷物を担いでくれはって。うらやましいわ」が挨拶だった。その記憶がよみがえった。

高齢と認められて、助けてもらえてホッとしたり、若い若いと言われてウムウムと喜んでみたり……。八十二歳、不思議な心の更年（高年）期なのである。

6

あやしき電話の元気撃退法

ああ、おもしろかった、ではすまない話なのだが、この「西條さん」の私を相手にかかってきた電話。

「西條節子さんですね」。男の声でドスが利いている。けれど丁寧な語り口である。

「はい、そうですが……」

「川崎警察のオオバヤシカズオですが、今、泥棒を捕まえたら、あなたの預金通帳がありました」

「へー、ホントですかー。通帳なんてないけれどねぇ」

「お渡ししたいので、○○にお電話くだされば、お渡しする場所をお教えします」

ピンときた。フフーン、きたなぁ……、と思って、いたずら心が起こってきた。

「ご親切にありがとうございます。では、その私名義の通帳を……、そうですねーー（わざと引き延ばして）、藤沢警察の北署に転送してください」と言ったとたん、電話の声はプツンと切れた。ウハハ……、ばかねー。知恵くらべだなぁ。

オレオレ詐欺、振り込め詐欺、銀行カード詐欺とか、よく考える集団と頭脳派がいるものだ。が、ひっかかる人も多いと聞くから辞められぬ仕業なのだろう。しかしね、字は違うけれど、サギ・詐欺っていって、田園にたたずむ美しい鷺《さぎ》に悪いよねぇ。

電話勧誘も多い。何回も電話に出ては、むかついてしまう今日このごろの経験は、多くの人もその「むかつき」に襲われているだろう。

しかし気の弱い人は、最後まで勧誘の言葉を聞いて、やおら断るらしい。

まず「お墓の案内」。ぼちぼち考えようとしている人はひっかかる。私も何社からも電話があったが、「あっ、おハカ、いりません」とか「もってます」と答えて、ガシャン！　ひっかかる人は電話口でぐずぐずしているからまずい。間髪入れず断ること。

ある友達がこういうことでマイッタ話をしてきた。

「〈結構です〉と言ったら、〈けっこうなこと〉と勝手にとって、家まで飛んできたの」

「ばかねー。〈結構〉という言葉は、それは〈けっこうなこと〉ととらえられることがあるじゃなーい。バシッと、いりません、とか、もっています、とか短いセリフで断ることよ。日本人のあいまいな言葉遣いを利用されないようにしないとね」

生命保険会社は「ああ、私は八十八歳です」と言うと、向こうがガシャン、だった。健康食品「お腰が痛くありませんか?」。加齢すると足腰は少し痛くなる。うっかり「そうなんです。病院に通ってます」なんてのってしまうと、サメだかカニだかナマズか知らないが、売りつけられる。

初回はタダです、というのにひっかかる人もいる。「初回はタダ」は怖い。「タダほど高いものはない」ということわざがあるでしょうよ。

着物、反物の出張販売、布団で長生きのお知らせ、平和運動へのカンパや名刺広告、平和といえば世界中の人々の幸せのためになると、チョットひっかかる運動家よ、よく考えてまず断ること。

母校の〇周年記念広告なんていうのもたまにある。巧妙な売り込み詐欺もある。

友人がぷんぷん怒って私に知らせてくれた。「新しい魚やイクラが入ったから送りましょうか?」と声をかけられた友人。情報のすごさには驚く。着払いで一万五千円でちょうどいい新鮮な魚と思ってしまった。到着して発泡スチロールの大きな箱を開けたら、筋子一本、サケ三切れ、やせ細ったカニが少し入っていただけだった。「やられた!」と箱をみたら「〇〇県生鮮売場」としか書いてなくて、お金は払ったし、もう後の祭り。

「バカネー」と笑っていたら、折りもおり、その翌々日、「せつこさん!」と男の声の電話。「どなた」「ねぇ、節子さん」「名前をおっしゃって。私、そんな慣れ慣れしい呼び方する男性とのつき合いはしてないから……。売り込み魚ならお断りよ!」。バシッ!と電話をきった。

隣の部屋の九十七歳の女性がケタケタ笑って部屋を出てきた。

「どうなさったの?」

「うはは……、私にも、結婚案内所から電話があったのよ。からかっちゃって、最後に、〈よろしく、私九十七歳ですから〉と言ったらガシャンと切ったわ。アッハッハッハ」と大笑い。

私が「いやー、何歳だって結婚資格はあるのよー」と、また笑った。

7

幼なじみのボーイフレンド

へ？　その歳で？　とかつての人は言ったでしょう。しかし、現代はそんなことを言うと、時代遅れよ、と言いながらも、何十年も共感しあってきた友人に恵まれたことは、ある意味で私の思想・信条・生き方を育てられたといっても過言ではない。

生涯の友であり、自慢の友に困ったときの神頼みは効果てきめんである。

友人が言った「西條さん、独身って得ね！　男の人と友達になれて！」

「あれ？　みんな、いないの？　あ～ら不思議」

何人かいる大切なボーイフレンドのなかで、何かにつけてナイト役をしてくれるのは小学校時代の同級生の神藤利平氏。

ちょっとハンサム。彼はカラオケ系だけど、私たち主催のクラシックコンサートには

必ず聞きに来てくれて、「なぁ、西條くん、クラシックってものも、いいもんだなぁ」と、認めてくれる。だけど、私はカラオケは認めない。神藤君ごめん。頼むときだけ頼んで、あなたのカラオケを聴いてあげなくてさ、と。

でも幼なじみっていいもんだね。

これが高年の役得。幼なじみやもっともっと若い青年とでも、親しくつき合っても連れ合いに誤解もされず、反対に喜ばれるのだから……、ホント。

男性の友人は、生活してきた社会が違うので話が弾むし、単刀直入で無駄話があまりない。今まで自分が知らなかった・やりたかった分野の学問をしてきた人との会話は、知識が広がり、話が違うからおもしろいのである。ときに「馬鹿だなー」なんて言われても気にならない。たぶん、自分より知識がある人だと認めているからだろう。

若いうちから、いろんな経験・学問を積んで、社会性を身につけ、視野を広げれば、話題が豊富になる。

「もてない」なんていう、今の若者には是非、いろんな活動をして、視野を広げていってほしい。

＊セクション５＊

加齢に認め印

- 歩行の際、ポケットに手を入れないこと
- つまづいて後にころんだ！頭を上げた トッサ！

1　マイペースの極意

マイペースと言えば、その言葉に対して種々の解釈をされる。

私のマイペースは我がまま、こだわりながらいくということ。と言うと、またいろいろの解釈をされる。年齢も違い、環境も違えば価値観も違うのは当たり前。

つまり、私のマイペースがどのように解釈されようとも、すべて「おお、そのとおり」と答えて、その噂のなかを平然と歩いていくのである。それがいちばん、ラクな生き方である。

もう一つの例を挙げると、右がかっている――「保守的」。左がかっている――「理想主義」。しかしなんと言われようと、私は私。これがマイペースである。

ただ安請け合いしないことである。安易に引き受けて、無責任な行動をとらないのも

マイペースである。これは私への戒めかもしれない。

私は四十年近く住民運動家らしき日々を過ごしてきたので、各グループの事業、イベントの呼びかけ人を依頼される。当日都合がつかず出席ができないとき、また夜間の会合などには決して自分の名前を載せない。加齢にともない、夜の会合への出席は身体が辛くなってきている。

もし呼びかけ人に私の名前を載せたチラシを見た知人が、「高齢の西條さんが一生懸命やっているのだから」と寒い夜空の風をついて、集会を盛り上げようと出席してくれても、当の私はその席にはいないなんて、失礼ばかりか、名をかたり、人を集める、これも一種の詐欺に等しいことなのだ。これは一貫していることだ。

「彼女は頑固だから」と言われる。そんなとき、「そう、私はホントーに頑固ちゃんなんだ!」と、平然と答える。でも、これは常識ではないか?

「なんでいつも何かにこだわるの」と聞かれる。

「子どものころからよ」。好奇心を育ててくれたのは、母の腕一本で育てられたときの遊び方上手。木登りも好き、イモムシをとってきては成虫になって「えっ、蛾?」。そして野原にそっと放してやった。

一つのテーマに取りかかったら、終わりまで納得するまでやっていく性格か、性癖か、いくつになっても続く。だから楽しいし、自分の人生の引き出しは次々と開いていくのであろう。加齢にともなって、ゆっくりになったけど。そのようなわけで、友達になったらあきないのである。だんだん〈金持ちより人持ち〉になって八十二歳で、こんなに友達が増えて、うーん、いいわねぇ。

「友達はいいものだ
眼と眼でものがいえるから
困ったときは力をかすよ
遠慮はいらない……」という歌があったっけ。

遊ぶ、学ぶ、知恵の引き出しを開けるといっぱいの道具がある。

そして、心ゆくまで目標を追い求めて、「こんなに努力してもダメだ」と思って止めるときは、バサリといくのが生き方の秘訣かも、と今は思う。

そんな話をしていたら、友人が「私、そんなにクールにできないわ」と言う。

だったら、腰が痛いとか、足がどうのこうのとムジャムジャ言わないで、「ごいっしょするつもりでいたけれど、やはり調子が悪い」、あるいは「気がのらない」とか正直に言って、謝ることだ。

それじゃあ相手が、怒るって？　それはそうかも。

でもそれは仕方がない。謝ったあと、ああ、もう二度と安請け合いはしないことだ、悪かったな、ごめんなさ〜い、と三回唱えなさいよ。

それしかないの。加齢って、ふんばりが利かないことを少し自覚するといい。

2

家や墓は独りになった貴女を守ってくれない

春うららかな日、講演を依頼された。いつもの「元気印に暮らす」話である。いま、私が暮らしている十人のグループリビング。私の表現では「湘南長屋かな」と話すと、個人の生活が守りあえ、それでいて、すわ！　のとき、お隣さんの助け合いがある、とすぐ皆さん察してくださるようでもある。

ところ変われば人は違う。毎度同じ話とはいかず、その街の風土を調べてから行くので、講師も容易ではないなぁと思いつつ、「ご勝手に」とほっておくほど冷たい私でもなく乗り出していくのである。私の話はニュアンスを変えて、皆さんの反応を見ながらすすめていく。けれども質問はどの街をお訪ねしても、ハッとすることが一つ、二つ出てくる。それはどんなことか？

質問と想いをいっしょに尋ねられるのは、

「じつは私事ですが、私は大地主の長男に嫁いで、つれあいの兄弟姉妹からみれば実家の嫁なんです。主人を送って、広い家に独り暮らしですが、お正月・お盆などは、主人の関係者や、もちろん私の娘夫婦・孫も墓参りをかねて訪ねてまいりますから、私はここを離れられない嫁として、どうしたらいいか、考えあぐねています」

といったたぐいの話である。

つまり「嫁」。結婚して五十五年たっても嫁なのか――律儀な方ですなー。その話を伺って帰って、研究会のメンバーに話す。

「どう答えたの?」と聞かれる。

「あなただったら、どう答えますか?」と問うと、「むずかしいなー」と言う。私は笑ってしまって、

「むずかしくなんかないじゃないの。嫁かどうかは別として、大きな邸宅に独りで淋しいですね。さて、これからご邸宅、つまりお屋敷は、加齢されていくあなたを慰め、励まし、介護予防して看取ってくれませんねぇ。物ですものねぇ。地域の方の拠点にな

さって、お金持ちより人持ちになられたらどうでしょう」と言って、講演が終わってから乱暴な提案を個人的にしたりしている。

乱暴なことって？

つまり、家やお墓はお独りになった貴女を守ってはくれない。あなたは五十年以上奉仕されて、もうお役目は十分果たされましたよ。誰が何と言おうと、土地や建物は親類に継いでもらうか、売っちゃって、ご自分をもっと大切になさいねー。船の旅とか、友人と海外旅行とか。いいですねー。

母親ってどうしても、息子さんに何か残してあげたいとか、由緒ある家を嫁である私がつぶしたと言われたくないとか、考えながら加齢して悩んでいくのが日本流の「女の一生」なのでしょうね。ばかばかしい義理人情？　見栄？

「もう、十分果たされたよ！　嫁さん！　今度はご自分を大切に、ご自分のしたい安心の暮らしへと切り替えられたら、亡くなられたご主人もやっと安心されるでしょう」と。

いったい、いつまで嫁ハンなの？

3 素直に喜べる心

春まだ少しうす寒い日だった。高齢者ホームに養母を訪ねると、いつもより様子が違う？　生き生きとして私を待ちかまえ、輝いた目つきで迎えてくれた。

定番の「ウヘヘ……、こんにちはー」とあいさつする私。

他の三人の同室の方々に一人ひとりあいさつ。「まっ……て……た……わヨ」といつも喜んでくださる老婦人方。あいさつしていると、養母は手招きして早くこっちにいらっしゃいよ、と言わんばかりである。

毎日訪ねても、三日おいても同じパターンの私にじれている。はやくーと言いたげ。でもさ、こういうことを教えこんだのはあなたでしょう、いつも人様のことをよく考えるのよ、と小さいときからたたき込んだじゃないの……、と思いながら。

自分のところに一番にこないジェラシーらしい。マー、いいさ、九十歳だものね。私は七十歳。

「ねー、節子、とってもいい話なのよ。ね、本当のお寿司屋さんのカウンターで食べたのー。それがね、イナセナ旦那なのー」

「ヨカッタネー。延子さん、何食べたの?」

「それがまたね、困った結果になったのよ、聞いて、聞いて」

ヨカッタ、コマッタ、何を言っているのか私の頭を少し整理しなきゃならなくなった。

「何食べたの?」

「もちろん、ウニとイクラに決まってるじゃない。美味しかったわー。いっぱいいただいたわー」

まではよかった。困ったというのは、支払おうとすると、ホームの食費で払うので個人では払わないでくださいということだったから。

養母は、高価なものをたくさん食べたのにお金を払わせてくれずに、困ってしまったらしい。ホームの決まりらしいけど、「今度は予算を聞いて、それに見合ったものしか

食べられないわー、と言っちゃったらね、職員さんが『いいのですよー』とおっしゃったけどね……」との話であった。

「どうしたらいいかしらー」

私は養母のことを「お母さん」と呼べなくて「延子さん」とか「おばあちゃま」とか言ってしまう。なぜなら、母は私が十七歳でこの世を去った母一人だけと心のなかで母を守り続け、祈り続けている。ガンコ者の一面もあって、母に悪くて他の人を「おかあさん！」と認められないんで困るのである。

でも、延子さん本人がおおらかな人で、気にもとめていないのか、そのふりをしてくれているのかわからないけど、他人には「母がお世話になります」と儀礼的には自然に出る。だけど本人には言えない、言ってほしかったかしら……、ままよ！

お寿司の話に戻る。

「ね、大丈夫よ、私がそのうち機会をみて、法人に寄付しておくから」と言ったら、

「あっ、それ、よかったー、じゃ、十万円しといてね」

ぎょっとしたが「うーん、わかった」と答えて、法人が十周年のときに十万円を寄付

した。私の財布から考えると少し無理しちゃった！　養母は忘れているから、寄付は黙っていることにした。

天真爛漫な九十歳。

またまた驚いたことに、訪問してくださった私の教え子が、

「ね、お母様から素敵なベストをいただいたの。これよかったら着てーって。嬉しかったし、欲しかったの。似合うでしょ?」

ギョッ！――「よかったねー」とは言ったものの、それは、この前訪問したとき「ねっ、節子、あなたのベストのようなの、着たかったの」と言われ、「あ、そう。じゃ、脱いでいくわ」と答えて、しばらくしたら返してもらおうと思ったのが運のつき。

私の手で置いていったベストやセーターは、みんなお気に入りの訪問者に差し上げてご満足なのだった。

「ね、とても喜んでくださったわ」

「あ〜ら、ご自分で着ないの?」と聞くと、どうやら、着ていたら、ホームの職員さんから「派手ねぇー」と言われたのが原因であった。「とても若々しいわ」と言ってく

だされればよかったのに。

〈私の大切なベスト、もう貸さないよ〉と心のなかで思った。

そして、それからまた「節子の着ているようなの、欲しかったの」と言われた。他人様に差し上げられたら困っちゃうな、と思って一案。すぐ脱いで「どうぞ、お貸しします」と言って、一週間後にそっと取り戻しに行った。しかし、びっくり！　私が貸したことを忘れて養母は、「あなたにあげるわ。似合うわよ」だって。

参った！　喜ばれた話を得意げに話してる、いいねぇ。こういう老後も楽しいものだなー。

ドイツの歌の〈欲のない人は王様である〉、という一節を思い出して、この女王様は幸せなのね、いいさ、いつもあなたが私に教えたのは「物だから心はあげられないけど、物はいいのよ」と言っていた言葉。それを思い出したのである。

「物にこだわらないことよ」と、幼いときから教えられていたけど、実践されてしまった！

4 耳が遠くなっても嘆くなかれ、その分心が見えてくる

多少家系的な、つまり体質の遺伝ということで私は六十五、六歳から人々の話が聞き取りにくくなった。知的障がい者の施設を運営する社会福祉法人藤沢育成会の会議のおりに気づいてきた。

四角に囲んだテーブルに座り、施設の職員と事業計画や四方山話《よもやまばなし》が続いていく。

三、四十代の男性の声が、かつてより小さくなったことは事実のようだ。相手が自信がなさそうな表情で話すことも気づいてはいるものの、私の耳も感度が鈍くなったことに気づいた。

やたらに神経を使って、しっかり耳を傾けて集中させている自分に気づいたのだった。

「疲れるなー、好きな議論のはずなのになー」と思っていた。

「そうだ！」と、東京にある、デンマークと提携している補聴器専門店を紹介してもらった。さっそく耳の型取りから、音声器による調整も終わり、発注して一か月。片方だけにして、二十七万円であった。

フー、しかし心がはれる。二十七万円は決して高くはなかった。

私専用の補聴器が出来上がり、調整段階に入った。専門メーターで微調整してもらいながら、ほぼテストは終わり、使用開始となった。

毎月の職員会議が始まる前に、「ちょっと待っててね、私、補聴器つけますから」と、準備万端ととのえて、会議を始めてもらった。

二十七万円の価値あり。よく聞こえて愉快になったことはいうまでもない。

老眼鏡は四十代から使っているから、今度は補聴器と「三種の神器」ならず、二種は揃った。あるとき、職員から「理事長（当時の私）、補聴器の具合はいかがですか？」と聴かれた。

「ああ、よく聞こえるよー。皆さんの心のなかの声まで聞こえるの」

「えっ？　ホント」と、あわてた顔がおかしかった。

目が悪くなれば、眼鏡をかける。同じように、耳が遠くなれば、補聴器をつければよい。今は補聴器の性能も格段によくなっている。「歳だから」と嘆くなかれ。

人間って不思議なもの。聴覚、視覚が衰えてくれば、ほかの感覚が鋭くなってくるのだろう。

じっと耳を澄まし、心を静かにしていると、人の心もよく見えてくる。ただ、補聴器の値段がもっと一般的な価格になるといいのだけれど。

5
運転四十年目のはじめての事故

二〇〇五年十一月、私の車はフロントガラスにひびが少し、ボンネットは持ち上がり、前はメチャメチャ。ラジエーターはツブレ、水が流れた。

原因は、前を走っていた大型車の両端のブレーキランプに目が届かなかったこと。もうすぐ信号機だな……、と思いながら走っていて、信号機は見えないし、車の正面のみを見ていたのであった。不注意！

ズブッ・ズブッ・ズブッ……。あれ？　どうしたっていうんだろう。私の長い顎がハンドルのところで受けとめられ、しばらくボーゼンとしてしまった。

「あっ、私が追突したのだ」とバックして車を抜き取ったかたちだったが、ラジエーターの水が流れ出ていたので、いちおう運転はやめ、一分くらい、ことの次第をひもといていた。

岡山の超大型車輌の四十歳くらいの運転手さんは少しの衝撃と、変だな、という感じがしていたと申され、「いや〜、あなたの車は壊れたなあ。大丈夫か？」と親切に聞いてくださって、私は恐縮。運転をはじめて以来四十年目にして出遭った失敗だったのだ。「でも、人を痛めずヨカッタ、あたしがバカなだけなのよ！」と思い直した。

近所の交番の巡査が来てくださり、双方の調書をとり、「人身事故でなくてよかったね。被害者は？」。

運転手さんが「車も頑丈だし、傷もないし、むしろこの方（私）がどこか打っているんじゃないかな」と当方が謝るすきもなく出発された。

ポンコツ車と私だけになり、ひとりポッチ。その間ボーッとしていたが、さて、これからどうしたらいいのか、慌てず、冷静に考えようと思った。

我が家に電話して連携しつつ、日産に車を取りに来てもらい、タクシーでCOCO湘南台に帰宅。すぐに整形外科を受診。そのころ顎が青くなりだした。顎の打撲のみですみ、炎症止めクリームをいただき、それを十日ほど塗って全快。「運が強い」と皆さん

セクション5
加齢に認め印

は安心してくれた。

二週間後、車の修理は終わり、前よりピカピカになって戻ってきた。翌日に運転開始。おじけづかないため、犬のドクターのところまで、パートナー犬・ルルを連れていった。

これを機に、次の三点セットを深く肝に銘じ、また走り始める。
1　超大型車のあとにつかぬこと。信号機が見えない
2　スピードを出していなかったのでよかったから、それを続ける
3　疲れているときは運転しないこと
皆さんにはご心配をおかけしましたことを深くお詫び申し上げ、ご報告した次第である。

あとからわかったことだが、原因は乱視と白内障だった。

その事故の後日談。

春を迎えるとクラス会の通知がくる。桜も散っていったのになー、案内がないから、もしかしたら隔年になったのか？　そんな話も聞いていないが……。そうだ、こんなことは考えているよりも幹事さんに電話で聞いてみたほうが早いと思った。

何と、幹事さん、電話で、

「えっ？　西條さん、西條さんよね」

「クラス会のお知らせが……」と言いかけたとたん、

「アラ、アラ、いやだ、生きていらっしゃったの？　じつは、お知らせを書いているときにみっちゃんが、『ちょっと、それはダメ。西條さん、交通事故で亡くなった』って言ったのよ。あら、ごめんなさい。生きていらっしゃったのね。よかった」

「ウハハハ……」

「どこで間違えたのかしら。だって、クラス会当日、亡くなったというあなたのために黙祷までしてたのよー。いやー、どうしましょう」

「ありがたいことだ……。ウハハハ……」と笑ったものの、幹事さんは謝りっぱなし。

どうしてそんなことになったのか。

確かに交通事故を起こし、ご心配をかけた十人くらいに顚末を書いてお礼や謝り状を出したのが、どうやら巡り巡って「やっぱり、らしい死に方」になっちゃったというわけ。

6

車を手放す勇気

車の運転を四十年でストップした。

心地よく走った四百キロ。那須までの往復の道は、都会を抜けてのびやかに広がる田園のなかをスカイラインは突っ走る。美味しい酸素を肺にも満タンに入れて楽しかった。友人たちとおしゃべりもはずむ。満足してくれたのだ。そんなことを、かつて何回も経験した。免許を取得して乗った乗用車は、当時五万円の中古車八〇〇CCのダットサン。みんなから古美術品とからかわれながら街を走った。

足に障がいをもつ私にとっては、とくに行動を助けてくれる友人でもあった。車好きな私、そして私の足のかわりをしてくれる車。四十年で八台乗り替えた。

最後の車は日産ウイングロードバン。このはじめてのバンは、パートナーの犬を後ろ

に乗せて旅をする計画で求めた。犬と泊まれるホテルも顔を見せてきたからだった。本当の本当は、旅をしていく家のような車が欲しかったけれど、日本にはステーションワゴンがなく、無理だとあきらめていた。

パートナーの犬の次に愛するパートナーの車と別れる決心をしたのは、八十歳の誕生日だった。

理由は二つ。一つは重大な怒りであった。

七十歳をすぎると、免許証書き換えのおりに、自動車教習所へ行って講習を受けてから、講習終了の証明をもって、警察へ更新の手続きに行かなくてはならなくなった。

年金生活者にも、講習料六〇〇〇円の支払い義務が生じた。そして、つまらぬ、読むに値しない本二冊と、講義と実習、八十歳をすぎると認知症のテストまでやるそうだ（現在、神奈川県は、認知症のテストは七十五歳以上からになっている）。何と人間を馬鹿にした話であろうか。

私だったらこうする。安全運転をして、お友達と交流したり、元気に活動してください。この講習を受講した暁には、税金六〇〇〇円分の控除証明を出します——。

そんなことを考えてむかついた。若い証拠？

もう一つは、大事なこと。四十年間、スピード違反一回のみと、保冷車の後ろへの突っ込み事故のみ。罰金は払ったけれども、後者は相手に何の傷もなかったので、八十歳まで車の運転で人を傷つけたことはなかった。

しかし、もしこれから車で人をひき殺す事故とかがあったら、私の生涯は殺人の罪人で終わってしまう。少し臆病かもしれないけれど……。

まだオマケがある。聞いた話だけれど、逮捕・拘留されて留置場に入ると、素っ裸にされて、毒薬か何か持っていないか、お尻の穴まで調べられるっていうのは、ホントの話らしい。うわーっ、傷つくー。

そんなことを考えて、運転中止、免許返上、きっぱりしようと決めた。今までも区切りよく、あっさりと生きてきたではないか。そうだ、そうだ。そうしよう。

走行距離はまだ二万キロ。車は福祉施設に必要とされている。使っていただこう。役に立ってよ！　と白いウイングロードに別れを告げた。

八十歳、「ここで車をやめようと思う」と、隣に暮らす夫妻に話した。

「そう決断したら、そのほうがいいよ。はい、鍵は？」と車の鍵を持って帰った。夫妻の息子たちが乗ることもあるので、「はい、鍵」とごく自然に渡した。

当の私は障がい者。気楽に出掛ける足を失ったのであった。もちろん、介護タクシーとか、いろいろ交通手段を上手に使い分けて、かつての自家用車の維持費とプラスマイナス・ゼロにしている。

障害者手帳があれば、タクシーは一割引で乗車できるので、それも使っている。しかし、この課題は私だけのものではない。

地方では、車がないと買い物にも出掛けられない地域が多い。公共交通がすたれ、車を運転できない高齢者や子ども、障がい者はどうするのか。認知症が出ているのに車に乗らざるをえない人もいると聞く。交通事故で人様が亡くなったらどうするのか。

最近は、コミュニティバスも走るようになって、少しは公共交通の充実がはかられるようになってきているが、乗り降りが苦痛な仕様だったりする。高齢化社会と言われながら、外出手段がないなんて、おかしいじゃない？

「外に出たい！」という人のために、ひと肌脱ぐ社会よ、早くこい。

7 雨の日のラジオ体操

かつて江《え》木《ぎ》理《り》一《いち》さんという有名なラジオ体操の指導者が、ラジオで毎日、第一体操を指導していた。今、私が持っているテープは江木さんのものではないけれど、第一体操の内容は変わらない。外で日曜大工には寒いし……そうだ、ラジオ体操だ——とテープを持ち出した。

相当ボリュームを上げないと聞こえにくいから、音量を最大にして体を動かす。肉と骨がボリボリいいながら汗びっしょり。犬のルルはびっくりしてたけど。

ああ、疲れた。けれど気持ちいい……。毎日しようかな……と、ご満悦。

「まーえらい、威勢のよい音、懐かしい音が廊下に響いてくると思ったら、西條さんじゃない、ウハハハ」

夕食のときには「今日からラジオ体操始めたの?」と、廊下をへだてて、はしっこの牧さんの部屋まで聞こえたと笑われた。

「うん、テープが出てきたのー、そうだリビングのCDに入れとこうか? そしたら皆さん、好きなときにこの三十五畳の広いリビングでおもいっきり体操ができるわねー、そうしよう、そうしよう」となった。

ああ、お腹がすいたー。お隣の人に「ね、私にはいちご三つだけど、あなた四つでない?」「何? 四つに見えるの、へんね三つよ。でも召し上がれ」

へっへっへ……と一ついただいちゃった。ああ、美味しかった。これもラジオ体操のおかげね。

お隣のいちごが三つが四つに見えるって乱視かな。乱視もいいものだなあ。ウハハハ……。

さ、また、いいこと覚えたー、ラジオ体操第一。途中、疲れるけれど、乗り越えよう。体操のあとはすがすがしいこと。毎日続けていて、体の調子がいい。

元気の薬、安くてよく効く。私のラジオ体操ダイイチー! ハイ!

8

独りぽっち＋独りぽっち＝？

ニワトリ

二〇一〇年九月、六十五歳以上の推計人口二九四四万人、その中身は女性一六八五万人、男性一二五八万人で総人口に占める割合は二三・一パーセントと、総務省が発表している。それをもとに、政府も自治体も騒いでいる。なぜ驚くの？　元気印に生きるプロジェクトはいっぱいあるじゃないの。

大きな立派な有料ホームの箱入り娘ならぬ箱入り老人《バーサン》をつくるから、お金はいくらあったって足りっこない。

街の店が消えて、マンションも増えたので地域の連帯が風前の灯だという。孤立して生活していく人々が増えている。

だって、コンクリート造りのマンションでは、生活音も聞こえなければ、ときにハイ

ヒールのかかとの音が聞こえるくらいで無音室。聞こえるのは、ご自分の部屋のテレビの音。毎日朝から夜半まで、勝手にテレビから発信される番組とコマーシャルの絶えないなかで、お茶とお菓子をつまみながらの生活を続けていくうちに、加齢とともに孤独になるんじゃない？　それでは、地域から孤立していくに違いない。

そんな話をしていたら、友達が、「じゃあいったいどうすればいいの？」

「独りぽっちにならないようにすればいいのよ」

「独り暮らしばかりがいて、どうすればいいのかしらねえ」

「ばかねえ、独りぽっちと独りぽっち同士、友達をつくる工夫をすることじゃないの？　じゃあ、独りぽっち＋独りぽっちはどうなるかは宿題にするから、答えを明日ちょうだいね」と別れた。

翌日、友達から「独りぽっちと独りぽっちを足し算すると、確かに二人になるわよね」という答えが返ってきた。

「ウン、そうよね。だから、独りぽっち＋独りぽっちの答えは……、ゼロなのよ」

「エー！　どうして？」

「だって、みんな独りぽっちではなくなって、独りぽっちの人がいなくなるでしょ。だからゼロ」

「なーんだ。また西條さんの話にはまっちゃったけれど、フームフーム、この算数は、いけてる。私もこの算数もらっちゃおう」と、独りぽっちを嘆いている友達は足どり軽く家路についていった。

9 遊び心に年齢はない

このごろ、どこの街に行っても一〇〇円ショップが並んでいて、けっこうな人気なのである。私も興味津々。

食料品から化粧品、文具、調理用品、大工道具から造花、なんでも揃っている。

へ～、すごいのね。どなただったか、女優さんが一〇〇円ショップに初めていって、「ああこれも、あれも」と楽しくカゴに入れていったら六万円買ってしまったと笑ってらしたが、まったく共感してしまう。私も手を出しそう。しかし、である。「ヤーメタ」。

で、何を買ったと思う？

シャボン玉であった。

お天気のよい空気が澄んだ日、大空に向かってシャボン玉は楽しく飛んでいく。ヒョコヒョコ、ヒョコヒョコと小さいのがいっぱい出来て、空にいくときと、ポトリと落ちるときとある。

よーし、上手になろう、名人にならなくても、みんなにワーッと言わせてやろう……と、夢中で練習していたら、液が終わっちゃった。アーア、また買ってこよう。そんなことで楽しい心になるならお安いもの？　いや、マテヨ。次々買って一〇〇個使ったら一万円だ。

ウヘヘ……。用心、用心。年金を一万円使ったら大変だ。二つ三つでやめようね。と思っていたら、通りかかった友達が、「シャボン玉の道具を持っていたら、石けん水を作ればいいのよ、子どものころ、作らなかった？」と言われた。

ウーン、木登りは上手だったけれどもね。こんな美しい太陽と光の遊びはしなかったなー。友達が言った。

「西條さん、いい歳をしてシャボン玉で遊んでるって笑われないかしら？」

「え？　これ、七十五歳くらいからの遊びに最適！」

歳で決めちゃだめだなぁ。七十五歳は般若心経でも唱えてないといけないってこと？

セクション5
加齢に認め印

夕涼み　ベンチ
32コ目.
古材下さい！

そりゃーないぜ。

シャボン玉とばそー、きらきら青、きらきらピンク、光に反射して美しい心になるよ。

一人遊びが楽しいね。詩人の心境。

今日は晴天。待ちに待った古材も届いたのでご機嫌な日となった。金槌からノコギリ、ノミ、なーんでも揃っているから大丈夫。買うのはペンキと釘くらいかな。庭先に出て、ゴリゴリ・トントンと金槌の音が気持ちよく全身に響いて心地よく、日曜大工仕事が始まった。

かつて学校勤務のとき、登山部の顧問、演劇部、落語研のコーチを受け持って、生徒といっしょに夢中でクラブ活動に熱をあげた。

シェイクスピア、イプセン、モリエール等々、その歴史と人生を学びあって、舞台にのせるまでの作業は総合芸術。舞台装置の大工、小道具、照明、効果音、衣装、そのなかでは時代考証もしていく。そんなことが頭をよぎり、社会活動で失っていたものが一挙にふき出してきた。

それがいま、私の健康と心躍る喜びに返るとは……。

遊び相手が古材で、陽を浴びながら一つ一つ創り上げていく楽しさ。そのうえ、これって、人とやるものでなくて、人としゃべらなくていい。自由な独り遊び。

この素人大工をはじめたら、そこで発見やびっくりがある。ＣＯＣＯ湘南に、日曜大工が大好きな仲間がみつかり、いまや私の棟梁のようになって、さらに楽しみが増えた。

10
若者のエネルギーと加齢の知恵の交換会

若い人が、とてもつまらない新しい発想や意見を述べると、人はよく「生意気なやつ」といい、八十歳すぎた私が経験を財産として贈ろうと話すと、「あの年寄りは生意気ねえ、いい歳をして」とおまけつきで批判されることがある。

若いころは、ボランティア活動や労働などで、社会の姿を学びませんか。若い力を自由に使って体力をつくり、幅広い知力と忍耐力をつくるのだ。そうしたら、第二の人生はどんな仕事についても充実したものになるだろう。

「では、西條さん、あなたは第一、第二、いま第三の人生に満足していますか?」と問われれば、第一の人生は自分だけでつくれない。第二の人生は、三六五日思い切り活動したし、夜はビールもよく飲んだなー。

セクション5 加齢に認め印

市議会議員を六期二十四年間、休む日はなかった。

一般の市民の方々は、市議は会議の日だけ出勤して、高給取りだと言うけれど、私はそれには猛反発したい。地方議員はとくに、毎日・毎晩走り回り、活動すればするほど費用がかかるのだ。そのときの私の休みは、学校勤務時代の年金と退職金で外国研修に行ったときだけだった。

毎日、障がい者の権利活動から、福祉施設づくり、資金づくりの手伝いから、ひきこもりの方の相談、登校しない子の相談、独り暮らしで頑固に孤立している有名な高齢者の訪問や呼び出しなどなど。市議ってケースワーカーより過激な労働であった。もちろん、公害闘争などもあったから、働けば働くほど活動費はかかった。

市議の年俸の使い道をニュースで毎度報告してきたが、そんな甘い生活ではない。だから、東西南北走り回っているうちに、ふと気がついた。

もうここまで働いた、許してほしい。私には自身の高齢者問題が目の前に押し寄せているのに、市議の活動をしながら、この大事なテーマに集中することは無理。と、支持者の皆さんに謝りつつ、引退したのだ。

やっと得た私の第三の人生の初動といえるのは六十五歳。高齢者の生活や福祉、国や行政の政策を徹底的に調べながら、地域力・市民力を信じて走った。いま、我が国は、地域力と市民力が、自助・共助としてあり、それに欠けている公助のシステムを提案・実践していかなければならないだろう。そして開設した高齢者グループリビングCOCO湘南台。

そんなCOCO湘南台の暮らし方が、大学生の卒論のテーマにのぼりはじめている。グループリビングの見学や生活者に直接インタビューしたいなどを希望されることが多い。若い人たちが高齢社会に関心をもたれることは頼もしく喜ばしいこと。しかし、なのに、私やみんなは、なけなしの時を使われるのは惜しいなあ……と思う。反面、若い人にとことん教え込みたい、と考えるのは、高齢者という当事者でもあり、やはり良くも悪くも私の教員経験の虫が騒ぐのか。

私たちの時間は惜しいけど、がんばるか！　高齢者難民をつくらない社会に本気で取り組む気ならね。いや、若い人にそういう気になってもらうためにね、などと言いつつ、私たちが渡せる遺産として、学生さんと会うことになるのがいつものパターン。

会うときは、私と事務局長、グループリビング推進班の担当研究者、そして、生活者。ＮＰＯ法人ＣＯＣＯ湘南の生活者には、特定非営利活動法人運営のグループリビングに暮らす第三の人生として、この暮らし方と住居のつくり方、元気印を謳歌している自負心もある。加齢しつつ、これが当たり前なんだと伝えたいという意気込みもある。

学生さんには、まず、自己紹介からＣＯＣＯを卒論に選んだ理由や将来の展望、つまりはっきりしたテーマを示し、質問したいこともはっきり示すようお願いし、それができた学生さんと会うことに限定することにしている。

学部の教授からの依頼はまず断らないことにしている。それって差別？　権威主義？　なんて思ったら大まちがい。今の時代、私たちにもセキュリティの課題がある。そう易々とはネー。でも、断っても資料だけはお送りしている。それは「老女の深情け」。

そのセキュリティとは、風邪を持ちこまれないか、本当にその大学で研究課題をもっている学生さんなのか。無防備で開放的なＣＯＣＯの暮らしとＣＯＣＯの人たちも、近頃は少し考えさせられるようなことが少なくはないのである。

しかし、受け入れるとなれば、ＮＰＯは周到に資料を整え、個人のプライバシー以外は公開している。

見学のときは、自己紹介が終わって、NPO法人COCO湘南設立とグループリビング開設の経緯、共用部分の見学というコースのあとに、質問や団らんに入る。

質問にお答えしていくと、だんだんお互いに血が通いはじめるように熱がこもって、可愛くもなっていくのが不思議である。一期一会ってこのことなのだと、いまごろ気づいている。

そして出しゃばりの私は、若いときは、在学している学部の勉強も大事だけれども、ライフワークに、音楽でも山登りでも、花づくりでも、やれるときを大事にすると、人生が豊かになって生涯楽しいし、いろいろなジャンルの友人知人ができて……、なんておせっかいな話をしている自分がいる。

学生さん方も私も、お互い歳も忘れて燃え上がっていく。ついに、

「今度、泊まりに来ていいですか?」

「うーん、いいわよ。ただし人使いが荒いから覚悟して、ウハハハハ……」

結果として、私は学生さんから若いパワーを引き出して、それを自分のものにして、

54kg
154cm
先生！
20年
木の松葉杖
25年
45kg
154m
松葉杖
リハビリ時代
42kg
山へ
長いスキー
平泳ぎ 25m

私自身元気づいていることに気づいてきた。

人に使われるのが辛くなってきて、身体もしんどいが、学生さんがはっきりとしたテーマと質問をもってくると、まだまだ私も外に出て話をしていかなければいけないなー、と思わせられる、若い人との対話がそこにはある。

人間に大切な個人生活と孤独の思考こそ、よき発想が湧く。いま一番恐れているのは、孤立していく高齢者をどうしていくのか。

若者よ、私たち高齢者から吸い取るように学んでほしい。私たちは惜しみなく、長年蓄えた知識と経験、活動の裏表を開陳する用意がある。

加齢とは、終わりに向かうことではなく、次につながっていくための重要な役割があるのである。

あとがき

私の学校は映画館・古本屋と旅であった――。

くしくも、本書を書き終わったとき、東北関東大震災の大きな被害が伝えられ、驚きと苦しみの情報になすすべもなく右往左往している自分に気づいた。

被害状況が入る。いのちが何千人、いや何万人も危険にさらされ・亡くなっている。とにもかくにも、今、私のやるべきことを探しつつ、無念の方々のために心から祈ることしかできず、こぶしを握りしめている。

いのちを失われた方々のご冥福を祈りながら、私の本の「あとがき」に入らせていただきます。

生涯を、いつも私流儀に三段階に分けて位置づけている。

第一の人生は誕生から独立まで。

この間は、家族や地域の皆さん、学校等々で育てていただく時期。そこで一人一人の個性と屋台骨ができてくる。そして社会を担っていく力をつけ、社会人としてスタートがきれる学習のときである。

＊＊＊

私の第一の人生である「十五の春」はなかった。四年間の高等女学校の勉強は二年そこそこで終わり。あとは戦争のために兵器を作る研磨女工さんの助手として、日本光学（現・ニコン）に通勤の命令が下った。学校は休校、工場へ。学徒勤労動員である。

今思うと、熱い血が燃える若い私は、「欲しがりません勝つまでは」の国のスローガンにすっかり染まっていた。そして、女学校四年生で縦約九センチのわら半紙の卒業証書を渡されて、私は渋谷の日赤女子専門学校へ入学し、戦火のなかで終戦を迎えた。

八月十五日、終戦。

「あなた方のやってきたこと、考えている思想は全部間違っていた。ウソだったので

す」「あなた方はだまされていた！」

いちばん順応性が高い年齢のときの思想・信条、勉強、学徒勤労動員、みんなウソだったって？　清純なこの心の空虚さをどうやって埋めるのか？　誰も答えてくれなかった。

そこで私の自立が始まったのだろうか。

終戦と同時に街も復興し始め、ＧＨＱの指導体制で、日赤は看護教育模範学院として、ＧＨＱのオルト大佐（女性）を学長に、勉強と実習の二刀流が始まり、とまどいながらも楽しみも増えていった。

私は放課後と外部での実習の帰りは、日比谷映画館やテアトルエコー、渋谷へと足をのばし、当時のソ連やアメリカの映画を観て、土曜日は神田の古本屋へと、姉たちが送金してくれた参考書代を有効に使わせてもらった。

そして第二の人生に移った。

社会人として、母校に勤務しながら演劇集団づくり、山に登り、お酒も飲んだし、病気も重なった。障がいをもって、その方々の仲間になるなんて手遅れ感もあったけれど、私の力の限り活動した。社会を担う活動を四十六年、たくさんの税金も負担した。あれ？

税金はどこに使われたんだろう？　ま、いいや。私は数々の活動のなかで、仲間がいっぱいできた。いつも励ましと喜びをもらって歩めたことで、棒引きにしよう。

さて、いよいよ私の自由の日を迎えた。いよいよ嬉しい、第三の人生！

イギリスでは、この自由を「輝く年代」というではないの！　年金はいつも鉛筆のように削られっぱなしで許せないけれど、何とか暮らせる。ならばこれからやっと得た自由、ため込んだ知恵、やりたかった工作も農作も創作も。「ああ、やりたいことがいっぱい！」。ついでにいたずらも、何か役に立つはずだと思った。

そんなことをわいわいと言って暮らしているとき、いつも涼しい眼と、するどいまなざしで見ている生活思想社の五十嵐美那子さんから執筆をそそのかされて、ここに到った。執筆を励まし続けてくださった皆さん、ありがとう。

そのうえ、上野千鶴子さんからのメッセージも添えられ、心から感謝しながら、また明日から、大切な生涯の時をケチケチしながら元気印に動いていくことを誓います。

二〇一一年　春

西條節子

〈筆者紹介〉西條節子（さいじょう・せつこ）

1928年長崎県生まれ。神奈川県立藤沢高校教諭をへて、藤沢市議会議員６期24年を務める。知的障がい(児)者のための社会福祉法人藤沢育成会を立ち上げる。元・同会理事長。現在、特定非営利活動法人ＣＯＣＯ湘南名誉理事長。

著書『福祉の食卓―旅に学び、旅に遊ぶ』(1999年)、『小さな波から　家族への賛歌　福祉の食卓パートⅡ　藤沢育成会は』(2008年)、瑞木書房。『10人10色の虹のマーチ―高齢者グループリビング［ＣＯＣＯ湘南台］』(2000年)、『在宅ターミナルケアのある暮らし　続・高齢者グループリビング［ＣＯＣＯ湘南台］』(2007年)、生活思想社

あなたの人生を盛り上げる
加齢（華麗）に認め印

2011年６月10日　第１刷発行

著　者　西 條 節 子

発行者　五十嵐美那子
発行所　生 活 思 想 社
〒162-0825 東京都新宿区神楽坂2-19　銀鈴会館506号
電話・FAX　03-5261-5931
郵便振替　00180-3-23122

印刷・製本　モリモト印刷株式会社
落丁・乱丁本はお取り替えいたします。

ISBN 978-4-916112-21-7 C0036

生活思想社ホームページ http://homepage3.nifty.com/seikatusiso/

●西條節子著
10人10色の虹のマーチ
高齢者グループリビング［ＣＯＣＯ湘南台］
Ａ５判・並製・二五六ページ・本体二〇〇〇円＋税
子どもに頼らず、誰にも干渉されず・強制されず、開かれた地域で気の合う高年男女で暮らそう！　良質な「医・食・住」を自らネットワークした安心な暮らしの実現と開設から一年間の生活の記録！

●西條節子著
住みなれたまちで　家で終わりたい
在宅ターミナルケアのある暮らし
続・高齢者グループリビング［ＣＯＣＯ湘南台］
Ａ５判・並製・二四〇ページ・本体二二〇〇円＋税
ＣＯＣＯ湘南台開設から八年。この間、大事な友を在宅ターミナルケアで送りました。「住みなれた家で終わりたい」という本人の意志と尊厳ある看とりの日々を語ります。